良友文學叢書

趙家璧編輯

第　一　種

良友總公司

上海北四川路

良友分公司

南京 北平 漢口 廣州 汕頭 梧州 紐約 廈門

美美公司

新加坡 香港

豎琴

魯迅編譯

上海良友圖書印刷公司印行

1933

一九三二，十，二十　付排
一九三三，一，一　初版

1——2000

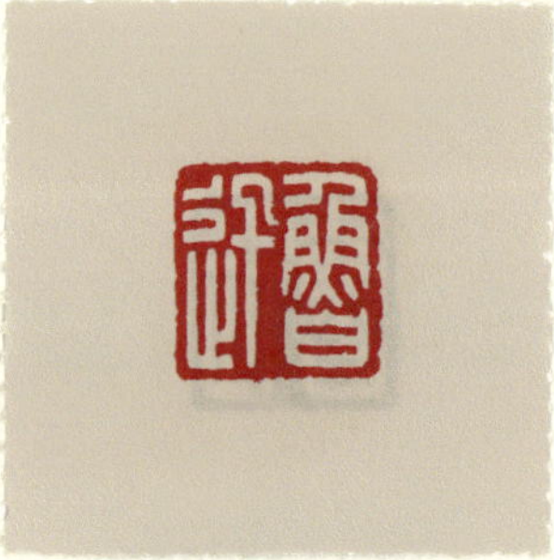

實售大洋九角

目錄

前記

俄國的文學，從尼古拉斯二世時候以來，就是『爲人生』的，無論牠的主意是在探究，或在解決，或者墮入神祕，淪于頹唐，而其主流還是一個：爲人生。

這一種思想，在大約二十年前卽與中國一部分的文藝紹介者合流，陀思妥夫斯基，都介涅夫，契訶夫，托爾斯泰之名，漸漸出現于文字上，並且陸續翻譯了他們的一些作品。那時組織的介紹被壓迫民族文學的是上海的文學研究會，也將他們算作爲被壓迫者而呼號的作家的。

凡這些，離無產文學本來還很遠，所以凡所紹介的作品，自然大抵是叫喚，呻吟，困窮，酸辛，至多，也不過是一點掙扎。

但已經使又一部分人很不高興了，就招來了兩標軍馬的圍剿。創造社豎起了『爲藝術的藝術』的大旗，喊着『自我表現』的口號，要用波斯詩人的酒杯，『黃書』文士的手杖，將這些『庸俗』打平。還有一標那是受過了英國的小說在供紳士淑女的欣賞，美國的小說家在迎合讀者的心思這些『文藝理論』的洗禮而囘來的，一聽到下層社會的叫喚和呻吟，就使他們眉頭百結，揚起了帶着白手套的纖手，揮斥道：這些下流都從『藝術之宮』裏滾出去！

而且中國原來還有着一標布滿全國的，舊式的軍馬，這就是以小說爲『閒書』的人們。小說，是供『看官』們茶餘酒後的消遣之用的，所以要優雅，超逸，萬不可使閱者不歡，打斷他消閒的雅興。此說雖古，但却與英美時行的小說論合流，于是這三標新舊的大軍，就不約而同的來痛剿了『爲人生的文學』——俄國文學。

然而還是有着不少共鳴的人們，所以牠在中國仍然是宛轉曲折的生長着。

但牠在本土，却突然凋零下去了，在這以前，原有許多作者企望着轉變的，而十月革命的到來，却給了他們一個意外的莫大的打擊：于是有梅壘什珂夫斯基夫婦，庫普林，蒲寧，安特來夫之流的逃亡，阿爾志跋綏夫和梭羅古勃之流的沈默，舊作家的還在活動者，只剩了勃留梭夫，惠壘賽耶夫，戈理基，瑪亞珂夫斯基這幾個人，到後來，還囘來了一個亞歷舍•託爾斯泰。此外也沒有什麼顯着的新起的人物，在國內戰爭和列強封鎖中的文苑，是只見萎謝和荒涼了。

至一九二〇年頃，新經濟政策實行了，造紙，印刷，出版等項事業的勃興，也幫助了文藝的復活，這時的最重要的樞紐，是一個文學團體『綏拉比翁的兄弟們』。

這一派的出現，表面上是始于二一年二月一日在列寧格勒『藝術府』裏的第一囘集會的，加盟者大抵是年青的文人，那立場是在一切立場的否定。淑雪兼珂說：『從黨人的觀點看起來，我是沒有宗旨的人物。這不很好麼？自己說起自己來，則我既不是共產主義者，也不是社會革命黨員，也不是帝制主義者。我只是一個俄國人，而且對于政治，是沒有操持的。大概和我最相近的，是布爾塞維克，和他們一同布爾塞維克化，我是贊成的。……但我愛農民的俄國。』這就很明白的說出了他們的立場。

但在那時，這一個文學團體的出現，却確是一種驚異，不久就幾乎席捲了全國的文壇。在蘇聯中，這樣的非蘇維埃的文學的勃興，是很足以令人奇怪的。然而理由很簡單：當時的革命者，忙于實行，惟有這些青年文人發表了較爲優秀的作品者其一；他們雖非革命者，而身歷了鐵和火的試練，所以凡所描寫的恐怖和戰慄，興奮和感激，易得讀者的共鳴者其二；其三，則當時指揮文學界的瓦浪斯基，是很給他們支持的。託羅茨基也是其一，稱之爲『同路人』。『同路人』者，謂因革命中所含有的英雄主義而接受革命，一同前行，但並無徹底爲革命而鬥爭，雖死不惜的信念，僅是一時同道的伴侶罷了。這名稱，由那時一直使用到現在。

然而，單說是『愛文學』而沒有明確的觀念形態的徽幟的『綏拉比翁的兄弟們』，也終于逐漸失掉了作爲團體的存在的意義，始于渙散，繼以消亡，後來就和別的『同路人』們一樣，各各由他個人的才力，受着文學上的評價了。

在四五年以前，中國又曾盛大的紹介了蘇聯文學，然而就是這『同路人』的作品居多。這也是無足異的。一者，此種文學的興起較爲在先，頗爲西歐及日本所賞贊和介紹，給中國也得了不少轉譯的機緣；二者，恐怕也還是這種沒有立場的立場，反而易得介紹者的賞識之故了，雖然他自以爲是『革命文學者』。

我向來是想介紹東歐文學的一個人，也曾譯過幾篇『同路人』作品，現在就合了十個人的短篇爲一集，其中的三篇，是別人的翻譯，我相信爲很可靠的。可惜的是限于篇幅，不能將有名的作家全都收羅在內，使這本書較爲完善，但我相信曹靖華君的『煙袋』和『四十一』，是可以補這缺陷的。

至于各個作者的略傳，和各篇作品的翻譯或重譯的來源，都寫在卷末的『後記』裏，讀者倘有興致，自去翻檢就是了。

一九三二年九月九日，魯迅記于上海。

洞窟

M·札彌亞丁 作

冰河，猛獁(一)，曠野。不知什麼地方好像人家的夜的岩石，岩石上有着洞穴。可不知道是誰，在夜的岩石之間的小路上，吹着角笛，用鼻子嗅出路來，一面噴起着白白的粉雪——也許，是灰色的拖着長鼻子的猛獁，也許，乃是風。不，也許，風就是最像猛獁的猛獁的凍了的呻吟聲。只有一件事分明知道——是冬天。總得咬緊牙關，不要格格地響。總得用石斧來砍柴。總得每夜搬了自己的篝火，一洞一洞的漸漸的深下去。總得多蓋些長毛的獸皮……

在一世紀前，是彼得堡街道的岩石之間，夜夜徘徊着灰色的拖着長鼻子的猛獁。用了毛皮，外套，氈毯，破布之類包裹起來的洞窟的人們，一洞一洞地，逐漸躲進去了。在聖母節(二)，瑪丁•瑪替尼支去釘上了書齋。到凱山聖母節(三)，便搬出食堂，躲在臥室裏。這以後，就沒有可退的處所了。只好或者在這里熬過了圍困，或者是死掉。

洞窟似的彼得堡的臥室裏面，近來是諾亞的方舟之中一樣的光景——恰如洪水一般亂七八遭的淨不淨的生物，瑪丁•瑪替尼支的書桌，書籍，磁器樣的好像石器時代的點心，斯克略賓(四)作品第七十四號，熨斗，慇勤地洗得雪白了的馬鈴薯五個，鍍鎳的臥牀的格子，斧頭，小廚，柴，在這樣的宇宙的中心，則有上帝——短腿，紅鏽，貪饕的洞窟的上帝——鑄

註一：Mammat，古代的巨獸，形略似象——譯者。

註二：十月一日——譯者。

註三：十二月二十二日——譯者。

註四：Aleksandr Skriabin(1871—1915)，俄國有名的音樂家——譯者。

鐵的火鑪。

上帝正在強有力地呻吟。是在昏暗的洞窟之中的火的奇蹟。人類——瑪丁•瑪替尼支和瑪沙——是一聲不響，以充滿虔誠的感謝的態度，將手都伸向那一邊。暫時之間，洞窟裏是春天了。暫時之間，毛皮，爪，牙，都被脫掉，通過了滿結着冰的腦的表皮，抽出碧綠的小草——思想來了。

『瑪德(一)，你忘記了罷，明天是……唔唔，一定的，我知道。你忘記了！』

十月，樹葉已經發黃，萎靡，彫落了的時候，是常有彷彿青眼一般的日子的。當這樣的日子，不要看地面，卻仰起頭來，也能夠相信『還有歡欣，還是夏季。』瑪沙就正是這樣子。閉了眼睛，一聽火鑪的聲音，便可以相信自己還是先前的自己，目下便要含笑從牀上走起，緊抱了男人。而一點鐘之前，發了小刀刮着玻璃一般的聲音的——那決不是自己的聲音，決不是自己………

『唉唉，瑪德，瑪德！怎麼統統……你先前是不會忘記什麼的。廿九這天，是瑪理亞的命名日呵………』

鐵鑄的上帝還在呻吟着。照例沒有燈。不到十點鐘，火是不來的罷。洞窟的破碎了的圓天井在搖動。瑪丁•瑪替尼支蹲着——留神！再留神些！——仰了頭，依舊在望十月的天空。爲了不看發黃的，乾枯的嘴唇。但瑪沙却道——

『瑪德，明天一早就燒起來，今天似的燒一整天，怎樣！唔？家裏有多少呢？書房裏該還有半賽旬(二)罷？』

很久以前，瑪沙就不能到北極似的書齋去了，所以什麼也不知道。那里是，已經……… 留神，再留神些罷！

註一：瑪丁的親愛稱呼——譯者。

註二：一賽旬約七立方尺——譯者

『半賽句？ 不止的！ 恐怕那里是……』

忽然——燈來了。 正是十點鐘。 瑪丁•瑪替尼支沒有說完話，細着眼睛，轉過臉去了。 在亮光中，比昏暗還苦。 在明亮的處所，他那打皺的，粘土色的臉，是會分明看見的。 大概的八們，現在都顯着粘土色的臉。 復原——成爲亞當。 但瑪沙却道——

『瑪德，我來試一試罷——也許我能夠起來的呢……如果你早上就燒起火鑪來。』

『那是，瑪沙，自然…… 這樣的日子…… 那自然，早上就燒的。』

洞窟的上帝漸漸平靜，退縮了，終于停了響動，只微微地發些畢畢剝剝的聲音。 聽到樓下的阿培志綏夫那里，在用石斧劈船板——石斧劈碎了瑪丁•瑪替尼支。 那一片，是給瑪沙看着粘土一般的微笑，用珈琲磨子磨着乾了的薯皮，準備做點心——然而瑪丁•瑪替尼支的別一片，却如無意中飛進了屋子裏面的小鳥一般，胡亂地撞着天花板，窗玻璃和牆壁。

『那里去弄點柴——那里去弄點柴——那里去弄點柴。』

瑪丁•瑪替尼支穿起外套來，在那上面繫好了皮帶。（洞窟的人們，是有一種迷信，以爲這麼一來，就會温暖的。）在屋角的小廚旁邊，將洋鐵水桶嘩啷地響了一下。

『你那里去，瑪德？』

『就回來的。到下面去汲一點水。』

瑪丁•瑪替尼支在冰滿了溢出的水的樓梯上站了一會，便擺着身子，長噓了一口氣，脚鐐似的響着水桶，下到阿培志綏夫那里去了。　在這家裏，是還有水的。　主人阿培志綏夫自己來開了門。穿的是用繩子做帶的外套，那久不修刮的臉——簡直是灰塵直沁到底似的滿生着赭色雜草的荒原。從雜草間，看見黃的石塊一般的齒牙，從齒牙間，蜥蜴的小尾巴閃了一下——是微笑。

『阿阿，瑪丁•瑪替尼支！什麼事，汲水麼？請請，請請，請請。』

在夾在外門和裏門之間的籠一樣的屋子——提着水桶，便連轉向也難的狹窄的屋子裏，就堆着阿培志綏夫的柴。粘土色的瑪丁•瑪替尼支的肚子，在柴上很很地一撞，——粘土塊上，竟印上了深痕。這以後，在更深的廊下，是撞在廚角上。

走過食堂——食堂裏在着阿培志綏夫的雌兒和三四小仔。雌頭連忙將羹碟子藏在擦桌布下面了。從別的洞窟裏來了人——忽然撲到，會抓了去，也說不定的。

在廚房裏捻開水道的龍頭，阿培志綏夫露出石頭一般的牙齒來，笑了一笑。

『可是，太太怎樣？　太太怎樣？　太太怎樣？』

『無論如何，亞歷舍•伊凡諾微支，也還是一樣的：總歸不行。　明天就是命名日了，但家裏呢………』

「大家都這樣呵，瑪丁•瑪替尼支。 都這樣呵，都這樣呵，都這樣呵……」

在廚房裏，聽得那誤進屋裏的小鳥，飛了起來，霍霍地鼓着翅子。原是左左右右飛着的，但突然絕望，拚命將胸脯撞在壁上了。

「亞歷舍•伊凡諾微支，我…… 亞歷舍。伊凡諾微支，只要五六塊就好，可以將你那里的（柴）借給我麼？……」

黃色的石頭似的牙齒，從雜草中間露出來。 黃色的牙齒，從眼睛裏顯出來。 阿培志綏夫的全身，被牙齒所包裹了，那牙齒漸漸伸長開去。

「說什麼，瑪丁•瑪替尼支，說什麼，說什麼？ 連我們自己的家裏面…… 你大約也知道的罷，現在是什麼都…… 你大約也知道的罷，你大約也知道的罷……」

留神！ 留神——再留神些罷。 瑪丁•瑪替尼支親自收緊了自己的心，提起水桶來。于是經過廚房，經過昏暗的廊下，經過食堂，出去了。

在食堂的門口，阿培志綏夫便蜥蜴似的略略伸一伸手。

『那麽，晚安……但是，瑪丁•瑪替尼支，請你不要忘記，緊緊的關上門呀，不要忘記。兩層都關上，兩層呵，兩層——因爲無論怎麽燒也來不及的！』

在昏暗的處處是冰的小房子裏，瑪丁•瑪替尼支放下了水桶。略一回顧，緊緊地關上了第一層門。側着耳朶聽，但聽得到的只是自己身體裏的乾枯的柴瘠的戰慄，和一下一下分成小點的多半是寒噤的呼吸。在兩層的門之間的狹窄的籠中，伸出手去一碰——是柴，一塊，又一塊，又一塊……不行！火速親自將自己的身體推到外面，輕輕地關了門。現在是只要將門一送，碰上了門就好。

然而——沒有力氣。沒有送上瑪沙的『明天』的力氣。在被僅能辨認的點線似的呼吸所劃出的境界上，兩個瑪丁•瑪替尼支們就開始了拚命的戰爭——這一面，是和斯克略賓爲友的先前的他，知道着『不行』這件事，但那一面的洞窟的瑪丁•瑪替尼支，是知道着『必要』這件事的。洞窟的他，便咬着牙齒，按倒了對手，將他扼死了。瑪丁•瑪替尼支至于翻傷了指甲，推開門，將手伸進柴堆去，——壹塊，四塊，五塊，——外套下面，皮帶間，水桶裏，——將門砰的一送，用着野獸一般的大步，跑上了樓梯。在樓梯的中段，他不禁停在結冰的梯級上，將身子帖住了牆壁。在下面，門又是呀的一聲響，聽到遮滿灰塵似的阿培志綏夫的聲音。

『在那邊的——是誰呀？是誰呀？是誰呀？』

『是我呵，亞歷舍。伊凡諾微支，我——我忘記了門——我就——回過去，緊緊的關了門…………』

『是你麽？哼…………爲什麽會幹出這樣的事來的？要再認眞些呵，要再認眞些。因爲近來是誰都要偷東西的呀。這就是你，也該明白的罷，唔，明白的罷，爲什麽會幹出這樣的事來的？』

廿九日。　從早上起，是到處窟窿的舊棉絮似的低垂的天空，從那窟窿裏，落下冰來了。　然而洞窟的上帝，却從早上起就塞滿了肚子，大慈大悲地呻吟起來——就是天空上有了窟窿，也不要緊，就是徧身生了牙齒的阿培志綏夫查點了柴，也不要緊——什麼都一樣。　只要捱過今天，就好了。　洞窟裏的『明天』，是不可解的。　只有過了幾百年之後，纔會懂『明天』呀，『後天』呀那些事。

瑪沙起來了。　而且爲了看不見的風，搖搖擺擺，像先前一般梳好了頭髮。　從中央分開，梳作遮耳的鬢脚。　那宛如禿樹上面，遺留下來的惟一的搖搖不定的枯葉一樣。瑪丁•瑪替尼支從書桌的中央的抽屜裏，拿出書本，信札，體溫計這些東西來。　後來還拿出了一個不知是什麼的藍色小瓶子(一)，但爲要不給瑪沙看見，連忙塞回原地方去了——終于從最遠的角落裏，搬了一隻黑漆的小箱子來。　在那底裏，還存着眞的茶葉——眞的，眞的——　眞正實在，一點不錯的茶葉！　兩個人喝了茶。　瑪丁·瑪替尼支仰着頭，聽到了完全和先前一樣的聲音——

『瑪德，還記得我的藍屋子罷。不是那里有蓋着罩布的鋼琴，鋼琴上面，有一個樹做的馬樣子的煙灰碟子的麼？我一彈，你就從背後走過來……』

『是的，正是那一夜，創造了宇宙的，還有出色的聽明的月貌，以及鶯囀一般的廊下的鈴聲。』

『還有，記得的罷，瑪德，開着窗，外面是顯着碧綠顏色的天空——從下面，就聽到似乎簡直從別的世界裏飄來的，悠揚的手風琴的聲音。』

『拉手風琴人，那個出色的拉手風琴人——你現在在那里了？』

『還有，河邊的路上……記得麼？——樹枝條還是精光的，水是帶了些紅色。那時候，不是流着簡直像棺材模樣的，冬天的遺物的那藍藍的冰塊麼。看見了那棺材，也只不過發笑——因爲我們是不會有什麼

註一：在歐美，凡盛毒藥的瓶，例用藍色的——譯者。

死亡的。 記得麼？」

下面用石斧劈起柴來了。 忽然停了聲響，發出有誰在奔跑，叫喊的聲音。 被劈成兩半了的瑪丁●瑪替尼支，半身在看永遠不死的拉手風琴人，永遠不死的樹做的馬，以及永遠不死的流冰，而那一半身，却喘着點線一般的呼吸，在和阿培志綏夫一同點柴的數目。 不多久，阿培志綏夫就點查完畢，在穿外套了。 而且渾身生着牙齒，猛烈地來打門了。 而且………

『等一等，瑪沙，總，總好像有人在敲我們的門似的。』

不對，沒有人。 現在是還沒有一個人。 又可以呼吸，又可以昂着頭，來聽完全是先前一樣的聲音。

黃昏。 十月念九日是老掉了。 屹然不動的，老婆子似的鈍滯的眼——于是一切事物，在那視線之下，就縮小，打皺，駝背了。 圓天井低丁下來，靠手椅，書桌，瑪丁●瑪替尼支，臥牀，都扁掉了。 而臥牀上面，則有完全扁了的，紙似的瑪沙在。

黃昏時候，來了房客聯合會的幹事綏里訶夫。他先前體重是有六普特(一)的，現在却減少了一半，恰如胡桃在嗶嘟匣子(二)裏面跳來跳去似的，在上衣的殼裏面跳。只有聲音，却仍如先前，彷彿破鐘一樣。

『呀，瑪丁•瑪替尼支，首先——不，其次，是太太的命名日，來道喜的。那是，怎麼！從阿培志綏夫那里聽到的……』

瑪丁•瑪替尼支被從靠手椅裏彈出去了。于是橐橐地走着，竭力要說些什麼話，說些什麼都可以……

『茶……就來——現在立刻……今天家裏有『眞的』東西哩。是眞的呵！只要稍微……』

『茶麼？我倒是香檳酒合式呵。沒有？究竟是怎麼了的！哈，

註一：重量名，四十磅爲一普特——譯者。

註二：一種孩子的玩具——譯者。

哈，哈，哈！可是我，前天和兩個朋友，從霍夫曼氏液做出酒來了。實在是笑話呀！很很的喝了一通。

『但是那朋友，却道「我是徐諾維夫呵，跪下呀。」唉唉，笑話笑話。

『後來，囘到家裏去，在戰神廣場上，不是一個男人，只穿了一件背心，從對面走來了麼，唔，自然是眞的！你究竟是怎麼了的？這一問，他不是說，不，沒有什麼，不過剛纔遭了路刧，要跑囘華西理也夫斯基島去麼。眞是笑話！』

扁平的紙似的瑪沙，在臥牀上笑起來了。瑪丁•瑪替尼支親自緊緊地絞緊了自己的心，接着更加高聲地笑——那是因爲想煽熱綏里訶夫，使他始終不斷，再講些什麼話……

綏里訶夫住了口，將鼻子略哼一下，不說了。覺得他在上衣的殼裏左右一搖，便站了起來。

『那麼，太太，請你的手，Chik！唔，你不知道麼？是學了那些人們的樣，將 Chest Imeju Klanyatsa 減縮了的呀，Ch. I. K. 唉唉，眞是笑話！』(1)

在廊下，接着是門口，都起了破鐘一般的笑聲。再一秒鐘，這樣地就走呢，還是……

地板好像搖搖蕩蕩，瑪丁●瑪替尼支覺得脚下彷彿在打旋渦。浮着粘土似的微笑，瑪丁●瑪替尼支靠在柱子上。綏里訶夫嗡嗡的哼着，將脚塞進大的長靴裏面去。

穿好長靴，套上皮外套，將猛獁的身子一伸，吐了一口氣。于是一聲不響，拉了瑪丁●瑪替尼支的臂膊，一聲不響，開了北極一般的書齋的

註1：Chest imeju kanyatsa是應酬的常套語，有『幸得恭敬作禮』之意。『那些人們』指共產黨員，因爲常將冗長的固有名詞，僅取頭一字縮成一個新名，所以綏里訶夫以爲『笑話』。——譯者。

門，一聲不響，坐在長椅子上了。

書齋的地板，是冰塊。　冰塊在可聞和不可聞之間，屑索的一聲一開裂，便離了岸——于是滔滔地流着，使瑪丁•瑪替尼支的頭暈眩起來。從對面——從遼遠的長椅子的岸上，極其幽微地聽到綏里訶夫的聲音——

『首先——不，其次，我也敢說，那個什麼阿培志綏夫這蟲豸，實在是…………但是你自己也明白的罷，因爲他居然在明說，明天要去報警察了…………實在是蟲豸一流的東西！　我單是這樣地忠告你。　你現在立刻，現在立刻到那小子這里去，將那柴，塞進他的喉嚨裏去罷。』

冰塊逐漸迅速地流去了。　扁平的，渺小的，好容易纔能看見的——簡直是木片頭一般的瑪丁•瑪替尼支，回答了自己。　但並非關于柴——是另外一件事。

『好，現在立刻。　現在立刻。』

『哦，那就好，那就好！　那東西實在是無法可想的蟲豸，簡直是蟲豸呵，唔唔，自然是的……』

洞窟裏還昏暗。　粘土色的，冷的，盲目的瑪丁•瑪替尼支，鈍鈍地撞在洪水一般散亂在洞窟裏的各種東西上。　忽然間，有了令人錯愕的聲音，是很像先前的瑪沙之聲的聲音——

『你同綏里訶夫先生在那邊講什麼？　說是什麼？　糧食票？　我是躺着在想了的，要振作一下——到什麼有太陽光的地方去……　阿呀，這樣礫礫格格地在弄什麼東西呀，簡直好像故意似的。　你不是很知道的麼——我受不住，我受不住，受不住！』

像小刀在刮玻璃。　固然，在現在，是什麼也都一樣。　連手和脚，也成了機器似的了。　一上一下，都非像船上的起重機模樣，用繩索和轆轤不可。　而且轉動轆轤，一個人還不夠，大約須有三個了。　瑪丁•瑪替尼支一面拚命地絞緊着繩索，一面將水壺和熬盤都擱在爐火上，重燉起來，將阿培志綏夫的柴的最後的幾塊，拋進火爐裏面去。

『你聽見我在說話沒有？ 爲什麼一聲不響的？ 你在聽麽？』

那自然並不是瑪沙。 不對，並不是她的聲音。 瑪丁•瑪替尼支的舉動，逐漸鈍重起來了。——兩脚陷在窸索地崩落的沙中，轉動轆轤，就步步覺得沈重。 忽然之間，搭在不知那一個滑車上的繩索斷掉了，起重機——手，便垂了下來。 于是撞着了水壺和熬盤，嗶拉拉的都落在地板上。 洞窟的上帝，蛇一般吱吱地叫。 從對面的遼遠的岸——臥牀裏，發出簡直是別人似的高亢的聲音來——

『你是故意這樣的！ 那邊去罷！ 現在立刻！ 我用不着誰——什麼什麼都不要！ 那邊去罷！』

十月念九日是死掉了。——還有永遠不死的拉手風琴人，受着夕陽而發紅的水上的冰塊，瑪沙，也都死掉了。 這倒好。不像眞的『明天』，阿培志綏夫，綏里訶夫，瑪丁•瑪替尼支，都沒有了，倒是好的，這個那個，全死掉了，倒是好的。

在遠處什麽地方的機器之流的瑪丁•瑪替尼支，還在做着什麽事。或者，又燒起火鑪來，將落在地上的東西，拾進熬盤裏，燒沸那水壺裏的水，也說不定的。或者，瑪沙講了句什麽話，也說不定的——但他並沒有聽見。單是爲了碎話和撞在小廚，椅子，書桌角上所受的陳傷，粘土在麻木地作痛。

瑪丁•瑪替尼支從書桌裏，將信札的束，體溫計，火漆，裝着茶葉的小箱子——于是又是信札，都懶懶地拖出來。而在最後，是從不知那里的最底下，取出了一個深藍色的小瓶子。

十點鐘。燈來了。完全像洞窟的生活一樣，也像死一樣，精光的，僵硬的，單純而寒冷的電氣的燈光。並且和熨斗，作品第七十四號，點心之類在一處，是一樣地單純的藍的小瓶子。

鐵鑄的上帝，呑嚥着羊皮紙一般地黃的，淺藍的，白的，各種顏色的信札，大慈大悲地呻吟起來了。而且使水壺的蓋子格格地作聲，來通知牠自己的存在。瑪沙回過了頭來。

『茶燒好了？瑪德，給我——』

她看見了。給明亮的，精光的，僵硬的電氣的光所穿通了的一刹那間，火鑪前面，是彎着背脊的瑪丁●瑪替尼支。信札上面，是恰像受了夕陽的水那樣的紅紅的反射，而且那地方，是藍的小瓶子。

『瑪德……瑪德……你已經……要這樣了？……』

寂靜。滿不在意地呑嚥着淒苦的，優婉的，黃的，白的，藍的，永遠不死的文字——鐵鑄的上帝正在呼盧呼盧地響着喉嚨。瑪沙用了像討茶一樣，隨隨便便的調子，說：

『瑪德，瑪德！還是給我罷！』

瑪丁●瑪替尼支從遠處微笑了。

『但是，瑪沙，你不是也知道的麼？——這裏面，是只夠一個人用的。』

『瑪德，但是我，反正已經是並不存在的人了。這已經並不是我了——我反正……瑪德，你懂得的罷——瑪德，』

唉唉，和她是一樣的，和她是一樣的聲音……只要將頭向後面一仰……

『瑪沙，我騙了你了。家裏的書房裏面，柴什麼是一塊也沒有了。但到阿培志綏夫那里去一看，那邊的門和門的中間……我就偸了——懂了麼？所以綏里訶夫對我……我應該立刻去還的，但已經統統燒完了——我統統燒完了——統統！』

鐵鑄的上帝滿不在意地假寐了。洞窟的圓天井一面在消沒，一面微微地在發抖。連房屋，岩石，猛獁，瑪沙，也微微地在發抖。

『瑪德，如果你還是愛我的……瑪德，記一記罷！親愛的瑪德！』

永遠不死的樹做的馬，拉手風琴人，冰塊。還有這聲音……瑪丁・瑪替尼支慢騰騰地站起來了。好容易轉動着轆轤，慢騰騰地從桌上拿起藍的小瓶子，交給了瑪沙。

她推掉毯子，恰如那時受了夕照的水一般，帶着微紅，顯出靈敏的，永遠不死的表情，坐在臥牀上。于是接了瓶子，笑起來了——

『你看，我躺着想了的，也不是枉然呵——我要走出這里了。再給我點上一盞電燈罷——哪，那桌子上的。是是，對了。這回是，火鑪裏再放進些什麼去。』

瑪丁・瑪替尼支看也不看，從桌上抓起些什麼紙來，抛在火鑪裏。

『好，那麼…………出去散步一下子。外面大概是月亮罷——是我的月亮呵，還記得麼？不要忘記，帶着鑰匙。否則，關上之後，要開起來…………』

不，外面並沒有月亮。低的，暗的，陰慘的雲，簡直好像圓天井一般，而凡有一切，則是一個大的，寂靜的洞窟。牆壁和牆壁之間的狹的無窮的路，凍了的，昏暗的，顯着房屋模樣的岩，而在岩間，是開着照得通紅的深的洞窟。在那洞窟裏，是人們蹲在火旁邊。輕輕的冰一般的風，從脚下吹拂着雪煙，不知道是什麼，最像猛獁的猛獁的偉大而整齊的脚步，誰的耳朵也聽不見地，在白的雪煙，石塊，洞窟，蹲着的人們上面跨過去。

老耗子

M•淑雪兼珂 作

建造飛機的募款很順利地進行着。

書記們中有一個曾經是駕駛過兩次氣球的航空老手，自己負起責任到各部去游說。

『同志們，新時代已近在眼前了，』這位『專門家』說。『各種建設都應當有飛機以作空中聯絡……呀，那就是爲什麼……你們應該出錢的理由……』

僱工們都慨然捐了錢。沒有一個和這位專門家爭辯。只在會計處一部中，這位專門家却碰到一個倔強的人物。這個倔強的人就是達德烏庚，司帳員之一。

達德烏庚諷刺地微笑着。

『造一架飛機麼？嚇…………一架怎樣的飛機呢？爲什麼我把錢抛在飛機上呢？我，朋友，是一個老耗子呀』

專門家激昂起來了。『怎樣的飛機麼？呀，就是一架飛機，一架普通的飛機。』

『一架普通的飛機，』達德烏庚苦笑地喊道。『但牠萬一造得不好，那怎麼辦呢？假如第一次飛了上去給風吹翻了，那我的錢在那兒呢？我爲什麼要那樣傻，把錢在牠身上作孤注一擲呢？我如果替老婆去買一架縫衣機，我可以用自己的手指試摸每一個機輪…………但現在我能夠幹什麼呢？大概那推進機是不會活動的。那怎麼辦呢？』

『對不起，』專門家叫喊道。『這將在一所大工廠裏建造！在一所工廠裏！一所工廠！』

『工廠就怎麼樣呢？』達德烏庚譏笑地叫道。『我雖然未曾駕駛過氣球，但我畢竟是一個老耗于，我是知道一兩件事情的。讓別的工廠賺得這筆錢，毫無意思的……呵，不要搖手失望罷，錢是要付的。我並不是吝嗇錢……我剛才不過要求公允的處置罷了。錢在這里。……我還可以代付密舒力登的錢，因爲他正在告假中。……對不起。』

達德烏庚掏出他的錢袋，照當時的兌價數了一個金盧布的錢，算他自己的款子，接着又替密舒力登付了四分之一盧布，簽了他的名，又把錢重數一遍，交給這位專門家。

『錢在這里了……我的惟一的條件是：允許我到工廠去，親自察看這件工作在怎樣進行。你知道這句成語的：只有自己的眼睛是金剛石，別人的眼睛都不過是玻璃。』

達德烏庚自言自語地說了很久，然後轉身重新對着他的算盤。但他的心緒太紊亂了；他不能工作。

在此後這兩個月當中，他一直都不能工作。他到處跟着這位專門家像一個影，在走廊裏攔住他，問他募款怎樣了，每人拿出多少錢，並且飛機將在那里建造。

當必需的款子都募集好，而飛機正在着手建造的時候，達德烏庚帶着嘲笑的神情，到了工廠。

『呀，兄弟們，工作怎樣了呀？』他問工人們。

『你來幹什麼？』一位技師問。

『我來幹什麼嗎？』達德烏庚驚異地喊道。『我拿出錢來造飛機，而且他請我……你們是在爲我們建造飛機呀………我是來察看一下的。』

達德烏庚走上走下地走了許久，察看各種材料，甚至于還拿了有些材料來，用他的牙齒咬過。

他搖搖頭。

『看這里，兄弟們，』他對工人們說道。『你們是在替我們建造這個的，看呀，你們竟把牠當作一件營利的事業了……我知道你們……你們都是大猾頭。我們就要看見，牠完工之後，那推進機是不會活動的。我是一個老耗子，我是知道的。請恕我。我實在是有關係的呀。』

這位司帳員達德烏庚又在工廠裏到處踱了一遍，約定下次再來，于是走了出去。

此後他每天都到這工廠裏來。有時他一天還來了兩次。他批評他們，非難他們。他強迫他們更換材料；有時他還到寫字間裏檢閱圖樣。

『我眞奇怪，』有一天，那個技師說，被他自己的圓到克制着，『我眞奇怪……唉。我不知道怎樣說才好……我們自然會照你的意思來幹的，這事情用不着費心的……但是最好請你不要隨便到這里來……否則我想我們不得不謝絕這件工作了……你做代表的人是明白的。』

『什麼，代表？』達德烏庚問，『我怎麼是個代表？你把那個也造起來了。我是以私人資格來的。我有錢拋在這架飛機上……』

『不是一個代表麼？』技師尖聲叫道。『什麼東西——你抛的是什麼東西呢？』

『我抛了多少錢麼？呀，一個金盧布。』

『一個盧布，你說什麼，是一個盧布麼？』技師憎厭地問。

他拉開檯子的抽斗，將錢擲還達德烏庚。

『該咒罵的，錢在這里，在這里……』

達德烏庚聳着他的兩肩。

『隨你的便，』他說。『你不要，不要就是了。我是不會固執的。我可以把牠用在別處的。我是一個老耗子。』

達德烏庚數了數錢，放在衣袋裏，出去了。接着又跑回來。

『密舒力登的錢怎樣呢？』他問。

『密舒力登的錢麼？』這位技師咆哮着。『密舒力登的錢麼？你這老耗子？』

達德烏庚喫了一驚，連忙關了門，跑出到街上。

「錢化掉了，」他自語着。「這流氓在這上面弄了四分之一……技師就在那些上……」

在沙漠上

L・倫支　作

一

夜晚，是在露營的周圍燒起火來，都睡在帳篷裏。一到早晨——飢餓的惡狠狠的人們，便又步步向前走去了。人數非常之多。等于曠野之沙的雅各的苗裔——無限的以色列的人民，怎麼算得完呢。而且各人還帶着自己的家畜，孩子和女人。天熱得可怕。白天比夜間更可怕。這怎講呢，就因爲在白天，明晃晃地洋溢着金色的滑澤的光，那不斷的光輝，似乎反而覺得比夜暗還要暗。

可怕，而且無聊。此外一無可做——就單是走路。不勝其火燒一般的倦怠和饑餓和空虛的憂愁，爲要尋些事給粗指頭的毛毵毵的手來做，於是互相偷家具，偷皮革，偷女人，又互將那偷兒殺却。而又從此發生了報復，殺却那曾殺偷兒的人。沒有水，却流了許多血。在所向的遠方，是橫着流乳和蜜的國土。

絕無可逃的地方。凡落後的，只好死掉。而以色列人，是向前向前的爬上去了。後面爬着沙漠的獸，前面爬着時光。

魂靈已經沒有。被太陽曬殺了。凡留下的，只是張着黑傘的強健的身體，喫喝的鬚髯如蝟的臉，單知道走路的脚，和殺生，割肉，在牀上擁抱女人的手罷了。在以色列人之上，站着大悲而耐苦，公平而好心的眞的神——這是正如以色列族一樣，黑色而多鬚的神，是復讎者，也是殺戮者。在這神和以色列人之間，則夾着蔚藍的，無鬚的，滑澤，然而可怕的太空和爲聖靈所憑的摩西——他們的指導者。

二

第六天的傍晚，總要吹起角笛來。　於是以色列人便走向集會的幕舍（猶太的神殿）去，羣集於麻線和雜色毛繩織出的，大的天幕的面前。祭壇旁邊，站着黑色多鬚的祭司長亞倫，穿了高貴的披肩——叫着，哭着。　在那周圍是子和孫，黑臉多鬚的親屬利未族，穿了紫和紅的衣——叫着，哭着。　穿着山羊皮裘的黑色多鬚的以色列人——餓而且怕，但叫着，哭着。

此後是裁判了。　高的壇上，走上聖靈所憑的摩西來。和神交談，而不能用以色列話來講的。　在高壇上，他的身體團團囘旋，從嘴裏噴出白沫。　而和這白沫一起，還發出什麼莫名其妙，然而可怕的聲音。　以色列人怕得發抖，哭喊了。　於是跪而求赦了。　有罪者也懺悔，無罪者也懺悔。　因爲害怕了。　已懺悔者，被擊以石。　於是又向乳蜜噴流的處所，步步前進了。

三

角笛發聲的時候——

——金，銀，銅，青紫紅等的毛繩，麻線，山羊毛，染紅的公羊皮，獾皮，合歡樹，用於膏油和馥郁的香之類的香料，寶石——

——將這些東西，以色列人攜帶在手裏，跑向吹角的幕舍去。於是亞倫，和他的子，孫，和親屬的利未族等，便收去這樣的貢獻。

沒有金，紫的織品，寶石這些東西的，便帶了盆，盤，碗，灌奠用的水瓶，最好的香油，最好的葡萄和麵包——加了酵素的麵包和不加的麵包和塗了香油的餅餌，羊，小牛，小羊這些去。

連香油，葡萄，家畜，器具都沒有的——就應該被殺。

四

已經沒有了走路之力的時候，沙烙脚底而太陽炙着脊梁的時候，不得不喫驢馬的肉而喝驢馬的尿的時候——那時候，以色列人走到摩西那里，哭着威逼了——

『究竟是誰給我們喫肉，喝水的？我們還記得在埃及喫過的魚。也記得王瓜，甜瓜，葱蒜，大蒜。你要帶我們到那里去呢？流着乳和蜜的國土，究竟在那里呢！說是引導我們的你的神，究竟在那里呢？我們已經不願意害怕這樣的神了。我們要回埃及去了。』

以色列人的指導者，聖靈附體的摩西，在壇上打旋子。從那嘴裏，噴出白沫來，漏了莫名其妙，然而可怕的言語。哥哥亞倫穿着紫和紅的衣，站在旁邊，威嚇似的大叫：『將吐不平的去殺掉呀！』於是吐不平的，被殺掉了。

然而，假使以色列人還是不平，叫道，『竟是將我們帶出了埃及的地方還不夠，且要在這樣的曠野中殺掉麼？豈不是沒有帶到流乳和蜜的國土裏麼？豈不是沒有分給葡萄園和田地麼？我們不去了，不去，不去了！』呢——那時候，亞倫就向自己的親屬利未族，說，『拔出劍來，通過人民中走罷！』於是利未族的人們拔出劍來，通過人民中，走了，而凡有站在當路的，都被殺掉。以色列人哭喊了。這爲什麼呢，就因爲摩西和神交談，而利未族是有劍的。

從此又離開露營，向着流乳和蜜的地方前進。這樣，年歲正如以色列人，慢慢地爬，以色列人正如年歲，慢慢地爬去了。

五

途中倘或遇見別的種族和人民，便殺了那種族和人民。完全是野獸似的，貪婪地撕碎了。撕碎了又前進。從後面爬來着沙漠的獸，恰如以色列人一樣，貪婪地撕喫了被殺的人民的殘餘。

以東族，摩押族，巴珊族，亞摩利族等，都被蹂躪於沙礫裏了。贄桌被毀，祭壇被拆，聖木被砍倒。更沒有一個生存的人。財寶，家畜，女人，都被掠奪了。女人夜裏被玩弄，一到早晨，就被殺掉。有孕的是剖開肚子，拉出胎兒來。女人留到早晨，一到早晨，就被殺掉了。無論是家財，是家畜，是女人，凡最好的都歸利未族。

六

年歲正如以色列人，慢慢地爬。　飢餓和枯渴和恐怖和憤怒正如年歲和以色列人，慢慢地爬去了。　角笛雖響，已沒有送往幕舍的東西。　以色列人殺了自己的家畜，送到亞倫和他的親戚利末族那里去。　空手而來的呢——被殺掉了。　以色列人漸漸常往摩西的處所，叫喊，鳴不平。但利末族的人們更是常常拔了劍，在人民之間通過了。　這樣子，而孩子們，年歲，恐怖，飢餓，都生長起來了。

七

曾經有了這樣的事。以色列人遇着米甸人，起了大激戰。　亞倫子以利亞撒之子非尼哈，帶着以色列軍隊前去了。　聖器和鐘鼓在他的手裏。以色列軍終於戰勝了。　勝而隨意狂暴了。　到得後來，是分取家畜和女人。　最好的畜羣和最美的女人，歸於祭司長之孫非尼哈。

然而是第二天早上的事了。　非尼哈任意玩弄了女人，於是就要殺掉她，捏了劍。但女人赤條的躺着。非尼哈到底不能殺掉她。他走出帳篷，叫了奴隸，遞給劍去，這樣說，「進帳篷去，殺掉那女人！」奴隸說着「唯唯，我去殺掉女人罷。」走進帳篷裏去了。過了好一會。非尼哈又向別一個奴隸說，「進帳篷去，殺了那女人和同女人睡着的奴才來。」還將一樣的話，說給了第三，第四，第五的奴隸。他們都說着『唯唯，』走進帳篷裏去了。過了好一會，走出帳篷來的却是一個也沒有。非尼哈走進帳篷去一看，奴隸們是殺掉了倒在地面上，最後進去的和女人在睡覺。非尼哈取了劍，殺掉奴隸，也要殺掉那女人。然而女人是赤條條的躺着。非尼哈不能殺，走出外面了。而且躺在幕舍的門口了。

八

於是以色列人中，開始了可怕的帶瘋的發作和淫蕩。這非他，女人一躺在牀上，以色列的兒郎們便在帳篷的門口交戰，勝者就和她去睡覺的。而這一出帳篷外，便又被別個殺死了。

日子這樣過去了。日之後來了暗，暗之後來了日，日之後又來了暗。麵包沒有了，然而誰也沒有鳴不平；水沒有了，然而誰也不叫渴。

第六天的傍晚，角笛沒有吹起來。以色列人不到幕舍那面去，却聚在以利亞撒之子非尼哈的帳篷旁邊了。 然而非尼哈，是躺在帳篷的門口。

第七天的安息日也過去了。 但以色列人既不向神殿去，也不送貢品來。 利未族的人們前來殺女人，但他們也互相殺起來，勝者和女人一同睡覺了。

聖靈所憑的摩西，在壇上打旋子，噴白沫，吐咒罵了，然而誰也不聽他。

以利亞撒之子非尼哈是躺在帳篷的門口，然而誰也不看他。

以色列的一行，已經不想進向流乳和蜜的國土去，在一處牢牢地停下了。 從他們後面爬來的沙漠的獸也站住了。 時光也停住了。

九

這是第十天。女人終於出了帳篷，就赤條條地在營寨之間走起來。以色列人跟着在沙上爬來爬去，吻接她的足迹。於是女人說了：『你們毀掉那樣的贊桌，給非基辣的主造起祭壇來罷。』因爲這是眞的神呀。』以色列人便毀了自己的神的贊桌，給非基辣的主，造起祭壇來。女人走向幕舍那面去了。但幕舍的門口，是躺着以利亞撒之子非尼哈。女人也不能决意走進帳篷去，但是這樣地說：『爲什麼像曠野的狗一樣，躺在這樣的地方的？囘到自己的帳篷，和我一同睡覺去罷。』又這樣地說：『大家都來打這漢子呀。』於是西緬族的首領撒路之子心利，前來以脚踢非尼哈。女人走進帳篷去了。撒路之子心利也跟進去了。

是這晚上的事。以利亞撒之子非尼哈站了起來，走向自己的帳篷，要和女人去睡覺。以色列人看見非尼哈到來，都在前面讓開了路。非尼哈走進帳篷去了——在手裏有一桿槍。一看，女人是赤條條地躺在牀上，上面是撒路之子心利，也是赤條條。以利亞撒之子非尼哈就在那屁股上邊，用槍刺下去了。槍從那肚子刺透女人的肚子，豎在牀上。那時候，非尼哈將帳篷拆開。一看見女人和撒路之子心利赤條條地刺透在牀上，以色列人便大聲哭叫起來。祭司長亞倫子以利亞撒之子非尼哈，便離開這里，躺在幕舍的門口了。

十

是第二天早晨的事。已經沒有肉，沒有麵包，也沒有水了。而飢餓和恐怖和憤怒，是蘇醒了。以色列人走到聖靈所憑的摩西那里，這樣說——

「究竟是誰給我們喫肉，喝水的？我們還記得在埃及喫過的魚。也記得王瓜，甜瓜，葱，薤，大蒜。爲什麼你要帶我們到這樣的曠野裏，殺掉我們和牲畜的呢？豈不是沒有帶到流乳和蜜的國土裏麼？我們不去了。不去，不去了。」

於是和神交談的摩西，在壇上打旋子，作爲回答。從那嘴裏，噴出白沫來，發了莫名其妙的咒罵的話。祭司長亞倫就站起，對利未族的人們這樣說：『拔出劍來，通過了營寨走罷。』於是利未族的人們拔出劍來，通過營寨走去了。而站在前路的，是統被砍死了。

是這晚上的事。以色列人終於離開營盤，向着流乳和蜜的國土，爬上去了。在前面，慢慢地爬着時光，從後面，慢慢地爬着沙漠的獸和黑暗。

以利亞撒之子非尼哈走在最後面。而且一面走，一面屢屢的回頭。在後面，是女人和西緬族的首領撒路之子心利，赤條條地被刺通在牀上。

以色列人和時光和流乳和蜜的國土上面，是站着——恰如以色列族一樣，色黑而多鬚的神，是復讎者，也是殺戮者，大悲而耐苦，公平而好心的，眞的神。

果樹園

K‧斐定 作

融雪的漲水，總是和果樹園的繁花一起的。

果樹園從坡上開端，緩緩地斜下去，一直到河岸。那地方用柵欄圍起來，整齊地種着剪得圓圓的楊柳。從那枝條的縷縷裏，看見朗然如火的方格的水田；在梢頭呢，橫着一條發光的長帶。這也許是河，也許是天，也許不過是空氣——總之乃是一種透明的，耀眼的東西。

河上已經是別的果樹園，更其前，是接連的第三，第四個。

在那對面，展開着爲不很深的山谷所隔斷的草原。雨打的山谷的崖邊，纏絡着韃靼楓樹的欣欣然的斫而復生的萌蘖。

這一點，便是這小小的世界的全部。後面接着荒野，點綴着苦蓬和鳥羽草的團簇，枯了似的不死草的草叢和野菊；中庭的短牆和樹籬上，是蔓延着旋花。

白白的灰土的花紗，罩着這荒野的全體。留有深的輪迹的路，胡亂地蜿蜒着，分岔開去，有兩三條。

今年是河水直到柵欄邊，楊柳豔豔地閃着膏油般的新綠，因爲水分太多了，站着顯出腴潤的情形。籬上處處開着花；剝了樹皮，精光的樹墩子上，小枝條生得蓬蓬勃勃。黃色的水波，發着恰如貓打呼盧一般的聲音，偎倚在土坡的斜面上。

岡坡又全體包在用白花的和紅花織成的花樣的輕綃裏。好像燦爛的太陽一般，明晃晃的那櫻林的邊際，爲樹籬所遮蔽，宛如厚實的纓絡，圍繞着果樹園。

葡萄將帶藍的玫瑰色的花，遍開在大大小小的枝條上，用了簡直是葺毛似的溫柔的擁抱，包了一切的樹木。這模樣，彷彿萬物都寂然輟響，而委身于春的神祕似的。

園裏滿開着花了……

先前呢，每到這個時候，照例是從市鎮裏搬來一位老太太，住在別墅裏。寬廣的露臺，帶子一般圍繞起來的別墅，是幾乎站在坡頂的。從聳立在屋頂上的木造的望樓，可以一覽河流，園後的荒野，和郊外的教堂的十字架。

那位老太太是早就兩脚不便的了，坐在有輪的安樂椅子上，叫人推着走。她每早晨出到露臺上，用了鎮定的觀察似的眼色，歷覽周圍，送她的一日。

園主人，她的兒子，是一位少說話的安靜的人物，不過偶或來看他的母親。但他一到，却一定帶着花樹匠的希蘭契。倘到庭園去散步，那花樹匠就總講給他聽些有趣的故事，在什麼希罕的蘋果樹邊呀，在種着水仙和薔薇的温牀旁邊呀，在和藍莓田旁邊呀，——是常常立住的。

主人和花樹匠的親密，是早就下着深根的。當主人動手來開拓這果樹園的時候，便僱進了又強壯，又能做，而且不知道什麼叫作疲乏的農夫希蘭契，給他在離開別墅稍遠之處，造了一所堅固寬廣的小屋——是從那時以來的事了。

他們互相敬重。這是因爲兩個人都不愛多說話，而且不喜歡有頭無尾的緣故。兩個人都是一說出口，不做便不舒服的。而且他們倆的交誼，又都是既切實，又眞誠。

年青的果園剛像一個樣子的時候，主僕都不說空話，只從這樹跑到那樹，注視着疏落落開在細瘦的枝條上的雪白的美花，互相橫過眼光去看一看。

『一定會長大起來的罷。』主人試探地問。

『那有不長大起來的道理呢。』僕人小心地回答。

那時候，兩人都年青而且強健。並且都將精神注在這園裏了。園步步成長起來，每一交春，那強有力的肩膀就日見其增廣，和睦地長發開去了。蘋果，梨，櫻桃的根，密密地交織得一無空隙。而且用了活的觸手，將花樹匠的生命也拉到牠們那邊去，和牠們一同在大地裏生根了。

他完全過着熊一般的生活。到冬季，就繼續着長久的冬眠。樹籬旁邊，風吹雪積得如山，已沒有人和獸和雪風暴的危險。希蘭契的妻從早到晚燒着炕爐。他本人就坐着，或是躺在炕爐上，以待春天的來到。

他靜靜地，沈重地，從炕爐轉到食桌去。恰如無言的，冷冷的，受動底的，初鑿下來的花剛石一樣。

但芳菲的春天一到，花剛石也不知不覺地在自己的內部感到温暖了，暖氣一充滿，那和秋天的光線一同離開了他的一定的樣子，便又逐漸恢復了轉來。

熊和園一同醒來了……

這一春，希蘭契的心爲不安所籠罩。 去年秋天，主人吩咐將別墅都關起來，賣掉了剛從樹上摘下來的多餘的大蘋果，也不說那里去，也不說什麼時候回，就飄然走掉了。

花樹匠也從他的妻和近地人那里，知道了地主和商人都已逃走，市裏村裏，都起了暴動，但他不喜歡講這些，並且叮囑自己的妻，教她也不要說。

融雪的路乾燥了的時候，不知從那里來的人們，來到果樹園。敲掉了寫着主人的名姓的門牌，叫希蘭契上市鎮去。

『我早就這樣想了呀——這究竟算是怎麼一回事呢——不是門牌掛着老爺的，園子却是屬于蘇維埃的麼？』 希蘭契一面拾門牌，一面在鬍子裏獨自苦笑着說。

『所以我們要改寫的呵。』 從市上來的一個男人道。

『如果不做新的，這樣的東西，有甚用處呀。 爛木頭罷了，不是板呀……』

希蘭契並不上市鎮去。 他想——總會收場的罷，也就沒有事了罷。 然而並不沒有事。

花朵剛謝，子房便飾滿了蓬蓬鬆鬆的黑的羽毛一般的東西。 而且彷彿是要收回先前失去的東西似的，新葉咽着從前養了那粉紅面幕一般的花的汁水，日見其生長了。

早該掘鬆泥土了，然而沒有人。 以前一到這時節，是從隣近的村莊裏，去招一大班婦人和姑娘來。 只要彎腰去一看，就從蘋果樹的行列之間，可以望見白潤的女工的腿，在弄鬆短幹周圍的土壤；鐵鋤閃閃地在一起一落；用別針連住了的紅裙角，合拍地在動彈的。 爲了頻頻掘下去的鋤，大地也發出喘息；女人們的聲音呢，簡直好像許多鐘聲，從這枝繞到那枝，鑽進櫻林的茂密裏去。

『喂，媽修忒加！這里來，剝掉麻屑呀！』

但現在是靜悄悄了，沒有人聲。

太陽逐日高高地進向空中，希蘭契的小屋的門口左近，地面開起裂來了。每晚，連接着無風的悶熱的夜，果樹園等候着灌漑。

這件事，決不是一個人所能辦妥的。從市鎭上，又沒有人來。于是希蘭契只好從早到夜，總垂着兩手，顯着惹不得的惡意的臉相，踱來踱去。對于自己的妻，也加以從未有過的不乾淨的惡罵，待到決計上市去的時候，是幾乎動手要打了。

他決心順路去問問敎父。那是一直先前，做過造磚廠看守者的活潑而狡猾，且又能幹的鄉下人。

對着因爲刷子和廚刀而成了白色的菩提樹桌子，坐着希蘭契的敎父，用了畫花的杯子，在喝蘋果茶。當那擦得不大乾淨的茶炊的龍頭，沙沙地將熱水吐在大肚子的茶杯中時，他用了圓滑的敷衍似的口氣說——

『眞好的主兒們呵。生身母親的俄羅斯的這士，一定在啼哭罷！什麽也不知道……你呢，還是到他們的什麽蘇維埃去看一看好——那就很明白了……』

開着的闊大的門，從窗間可以望見。那對面是既不像工廠，也不是倉庫的建築物，見得黑黝黝。是同造磚廠一樣，細長的討厭的建築。

『我們在辦的事情之類，』看守者用了大有道理似的口氣，說。『並不是什麽難事情——單是磚頭呀！但是，便是這個，他們一辦，就一件也弄不好。日裏夜裏，都要被偸，並沒有偸兒從外面來，到底工廠裏的磚頭連一塊也不剩了。想用狗罷，可是連這也全不濟事！……』

希蘭契從市上囘來，已經是傍晚，周圍罩着黃昏了。默默地喫了晚膳，便躺在屋中央——他是喜歡睡在夏天的地板上的，因爲有濃重的樹脂味，而且從板縫裏，會吹進溼溼的涼氣來。

當東方將白未白之際，——便將自己的女人叫起，跑到倉庫裏去取鍬鋤。還從大腹膨亨的袋子裏拉出一塊麻屑來，豫備做新刷子，將柏油滿滿的倒在罐子裏，揎着兩袖，對女人說——

『太陽上山時要好好的行禮，上帝是大慈大悲的，說不定會有好結果呀。』

他奮然的大大地畫了十字，將指頭略觸地面，便一把抱起鍬鋤和麻屑來，一面吩咐女人送柏油罐子去，于是鄉下式地，跨開那彎着膝髁的脚，向着河那邊，走下坂路去了。

在河岸上，不等樣的大大的抽水機，伸開着手脚。許多木棍和木材，支着獃氣的機器，屹立着，像是好人模樣。齒輪和汽筩雖然很有一些妖氣，但也許是因爲長久的冬眠之後罷，惘惘然像要磕睡，在盛裝的柳樹的平和相的碧綠裏，顯着莫名其妙的丰姿。

希蘭契檢查了從載在抽水機頂上的桶子裏，向四面岔出的水霤的接筍處之後，便去窺一窺井。于是掃了喉嚨，沈重地坐在地面上，脫去了長靴，將裏腿解掉。 他隨即站了起來，解開窄袴的扣子。 這——就是伏爾迦河搬運夫所穿那樣的擁腫的窄袴一樣，皺成手風琴似的襞積，溜了下去，寫着出色的S字，躺在脚的周圍了，

女人默默地定了睛，看希蘭契的滿是茸毛和筋節的腿，分開了蒙茸交織的黑莓的茂密，踏着未曾割去的油油的草，在地面上一起一落。很寂靜。 從河對面，徐徐地爬上紅色的曙光來。 不動的光滑的水面，也反射着和這一樣的顏色。 柳枝下垂如疲乏的手；小鳥從那繁茂中醒來時，打着害怕似的寒噤。

希蘭契很留神地下井去了。 其中滿填着漲水時漂來的木片，枝條，以及別的樣樣色色的塵芥。 他一脚踏定橫桁，一脚踏定梯子，開手將塵芥抛出井外面。

以後，是仰起頭來，簡短地用了響亮的聲音叫喊道——

『抽水！』

女人便將全身壓在唧筒的柄上。 以前是用馬的。 于是田園，寬廣的河面，天空，都充滿了高朗的軋轢和叫喊和呻吟。 杓子互相鉤連着，發出嗑嗑的聲音；齒輪的齒格格作響，不等樣的懶散的軸子，激怒地轉動起來。 那平和的機械，便彷彿因爲拉出了無爲之境，很是不平似的，用了無所謂的聲調，絮絮叨叨發話了。

藏在叢莽中的小鳥的世界，恰如就在等候這號令，像回答抽水機的呻吟一般，驚心動魄的叫聲，立刻跑遍了田園。 這撞着叢莽的繁密便卽迸碎，一任着大歡喜飛上天空去，又如從正出現于天涯的神奇赤輪，受了蠱惑一般，就在那里縮住了。

希蘭契遍體淋漓地從井裏爬了出來。 小衫濕濕的粘着身體，因疲勞而彎了腰，但他還是又元氣，又滿足的。「總算還好，弔桶是在的……」

這回是爬到抽水機的上面去，在水桶上塗了柏油，又騎在打橫的輪軸上，檢查過齒輪。 這纔穿好衣服，遣女人回家，自己又用樹脂塗桶子，

用手打掃草茅蓬蓬的水路了，

他的心裏，突然覺醒了一點希望。以爲做一點工，照應照應，後來總該是不至于壞的。于是他就彷彿要將在煩惱無爲的幾星期之中，曾經失掉了的東西，一下子就拿回牠來一樣，拚命地挖，掘，用小斧頭橐橐地削，用麻屑來塞好水霤了。

饒舌的野燕，停在花樹匠當頭的枝條上，似乎在着忙，要說什麼可怕的重大的事件。希蘭契用袖子拭着油汗的頭頸，用了老實的口氣，低聲地說道——

「啾啾唧唧說着什麼呢？你眞是多麼忙碌的鳥兒呵！好，說罷，說罷……」

要開手來灌溉，總得弄一匹馬。抽水機大概是好的，水路這一面，也可以和妻兩個來拔草，只是掘鬆土壤的，却沒有一個人。其實呢，如果會送馬匹來，那一定也會送工人來的，但是……

斑鳩的羣，黑雲似的飛來，向蘋果樹上，好像到處添了眼神一般，停下了。並且嘰嘰咕咕說着，在枝柯的茂蜜裏，嚷鬧起來。希蘭契高聲地吁的吹了一聲口笛，追在同時飛起的鳥後面。而且叫着，罵着，一直到最後的一匹，過了籬笆，飛到鄰接的果園裏。

用膳的時候，他對他的妻說——

「還得照應一下的。倘要結結實實做事，這樣的事，總得熬一熬……

……況且，老實說，老爺在着的時候，眞費了不少的力呀。不過那時呢，什麼都順手，可是現在是這樣的時勢呀……」

第二天，他到鎭上去了。鎭上答應他送馬匹和工人來。

然而過了幾天，太陽猛得如火，綠的乾下去，變成黑的了，却不見有一個人來。好像完全忘却了滿坡的果樹園，正在等候着灌溉。

希蘭契心慌了。跑到造磚廠去，又跑到住在鄰村的熟識的花樹匠那里去——但什麼地方都沒有馬，也沒有人肯來做工。

有一回，花樹匠從市鎮一回來，便走到河這面去了。看看沈默着的抽水機，沿岸走了一轉，從乾燥的樹上，摘了一個又小又青的蘋果，拿回到他的妻這里來。

『你瞧，這簡直是野蘋果了。這是從亞尼斯（一）樹上摘來的呵……』

他將乾癟的硬的蘋果放在桌子上，補足說——

『而且那樹，簡直成了野樹了……』

于是坐在長椅上，毫不動彈地看着窗門，屹然坐到傍晚。 在窗門外面，是看見全體浴着日照，屹然不動的園：

莽蒼蒼地太陽一落山，他吁一口氣，獨自說——

『哼，如果不行，不行就是了。橫豎卽使管得好好的，也誰都沒有好處呵……』

鳥的歌囀和園的蕭騷中，又新添上孩子的響亮的聲音了。 向着先前

註一：蘋果的種名——譯者。

的老太太住過的別墅裏，學校的孩子們從鎮上跑來了——顯着優美的眼色的，頑皮似的大約一打的孩子，前頭站着一個僅剩皮骨的年青的凄慘的女教員。

喧嚷的闖入者的一羣，便在先曾閒靜的露臺上，作樣樣的游戲。撒豆似的散在岡坡上；在樹上，暖床的窗後，別墅的地板下，屋頂房裏，板房角裏，乾掉了的木莓的田地裏，都隱現起來。無論從怎樣的隱僻處，怎樣的叢樹的茂密裏，都發出青春的叫喊。簡直並不是一打或者多得有限，而是有着幾百幾千人……

不多久，孩子們的一隊，在希蘭契的住房前面出現了。女教員用了職務底的口調，說道——

「借給我們兩畦的地面罷。」

「那是你們要種什麼的罷？」花樹匠問。

「棻豆，紅蘿蔔……還有，要滿種各樣的蔬棻的。」

『那麼，現在正是種的時候了！』

在大門上，一塊小小的布，通在竿子上，上面寫着幾個裝飾很多的花字——

『少年園。』

從眺望鎮上和附近的全景的望樓上，這囘是掛下通紅的大幅的布來。而且無日無夜，那尖角翻着風，煩厭地拍拍地在作響。

每天一向晚，便從露臺上發出粗魯的斷續的歌聲，沿着樹梢流去。在這裏面，感到了和這園全無關係的，大膽無敵的，然而含着不祥的一種什麼東西了，希蘭契便兩手抱頭，恰如嫌惡鐘聲的狗一樣，左左右右搖着身體。

他的妻耐不住孤寂的苦惱了，拉住少年園的廚娘，講着先前的大王蘋果的收穫，竟要塞破了板房的事，藉此出些胸中悶氣的時候，那只是皺着眉頭，默默無話的希蘭契，這纔開口了。

『你瞧，現在怎樣呢，』他的妻怨恨地，悲哀地說。『還沒有結成果子，就給蟲喫掉了呀！』

『現在是！』希蘭契用了不平的口氣，斬截地說。『現在是，好像掃光了似的，什麼也沒有了……』

『老爺不在以後，簡直好像什麼也都帶走了……』

『況且又闖進那些討厭的頑皮小子來呀。』廚娘附和說。 他們三個人就這樣地直到就寢時刻，在歎息，非難，惋惜三者交融爲一之中，吐着各自的憤懣。

穿着處處撕破了的褲子的頑皮小孩三個，爬到伸得很長的老蘋果樹的枝子上，又從那里倒掛下來，好像江湖賣藝者的騎在撞木上一般，搖搖地幌蕩着；于是又騎上去，爬到枝子梢頭去了。枝子反撥着不慣的重荷，一上一下地在搖，其間發出窣窣的聲響，終于撕裂，那梢頭慢慢地垂向地面去了。

小小的藝員們發一聲勇敢的叫喊，得勝似的哄笑起來。那哄笑，起了快活的反響，流遍了全庭園。而不料叫聲突然中止，紛紛鑽着樹縫，逃向別墅那邊去了。

希蘭契跑在後面追。他不使樹幹碰在頭上，屈身跳過溝；用兩手推開蘋果樹，鑽過身體去。他完全像是追捕餌食的小野獸，避開了障礙，巧妙地疾走。他一面忍住呼吸，想卽使有一點響動，敵手也不至于知道距離已經逼近；一面覺得每一跳，憤怒是火一般燒將起來，然而雖于極微的動作，也一一加以仔細的留意。

恐怖逼得孩子們飛跑。危險的臨頭，使他們的動作敏捷了十倍。互相交換着警戒似的叫喊，不管是蕁麻的密處，是刺莓的畦中，沒頭沒腦的跳去，一路折斷着擋路的枝條，頭也不囘地奔去了。絆倒，便立刻跳起來，縮着頭，驀地向前走。

追在他們後面，希蘭契跳進別墅的露臺去的時候，頑皮孩子們都逃進房子裏面了。　于是，在流汗而喘氣的花樹匠之前，出現了不勝其憤慨似的瘦壞了的女教員的容範。

她揚着沒有毛的眉頭，驚愕似的大聲說——

『阿呀，這樣地嚇着孩子，怎麼行呢？　你莫非發了瘋！』

在希蘭契，覺得這話實在過于懵懂，而且——凄慘而古怪的年青的女教員，也好像是可笑的東西。于是他的憤怒，便變成斷續的，輕輕的威嚇的句子，流了出來——

『我要將你們燻出這屋子去，像耗子似的……』

這一天，少年園的全體，因爲有了什麼事，都到市鎮上去了。別墅便又如往日那樣，仍復平和而蕭閒。

日中時候，希蘭契跑在門外。

先前呢，當這時節，是載着早熟的蘋果的車，山積着莓子的簍的車，一輛一輛地接連着出去的。　現在是路上的輪迹裏，滿生着野草，耳熟的貨車的轆轆的聲響，也不能聽到了。

『簡直好像是老爺自己全都帶走了。』希蘭契想。于是倦怠地去凝望那從磚造小屋那面，遠遠地走了過來的兩個鄉下人。鄉下人走到近旁，便問——這是誰家的果樹園。

『你們是來幹什麼的呀？』

『因爲說是叫我們掘鬆泥土去……』

『這來得多麼早呀！』希蘭契一笑。『因爲現在都是蘇維埃的人們了呵……』

于是一樣一樣，詳細地探問之後，知道了那兩人是到自己這里來的時候，他便說——

『那是，恐怕走錯了！沒有聽到過這樣的果園呀……』

『那麼，到那里去纔是呢？』

『**連自己該去的地方都不知道……** 但是，我這里，是什麼都妥當了。　第二回的澆灌，也在三天以前做過了……　怎麼能一直等到現在呢！』

從回去的鄉下人們的背後，投以短短的暗笑之後，他回到小屋裏。于是想出一件家裏的緊要事情來，將女人差到市鎮去。

小鳥的喧聲已經寂然，夜的靜默下臨地面的時候，希蘭契走到乾草房裏，從屋角取出一大抱草，將這拿到別墅那面去了。

他正在露臺下鋪引火，忽然脚絆着主人的門牌。　這是今春從門上除下，藏在乾草房裏的。　他暫時拿在手裏，反覆轉了一通，便深深地塞入草中，又去取乾草了。

回到別墅來時，一路拾些落掉的枯枝，放在屋子的對面，這回是擦火柴了。乾的麥稈熊熊着火，枯枝高興地畢剝起來。

在別墅裏點了火，希蘭契便靜靜地退向旁邊，坐在地面上。　于是一心來看那明亮的烟，旋成圓圈，在支着遮陽和露臺的木圓柱周圍環繞。

簡直像黑色的花紗一般，裝飾的雕鏤都颯颯顫動，從無數的空隙裏，鑽出淡紅的火來。

煤一樣的濃烟，畫着螺旋，彷彿要冲天直上了，但忽而好像聚集了所有的力量似的，通紅的猛烈的大火，脫棄了烟的帽子。

房屋像蠟燭一般燒起來了。

但希蘭契却用了遍是筋節的強壯的手，抱着膝，眼光注定了火燄，毫不動彈地坐着。

他一直坐到自己的耳畔炸發了女子的狂呼——

『希盧式加！ 你，怎的！ 這是怎麼一囘事？ 老爺囘來看見了，你怎麼說呢？』

這時候，他從火燄拉開眼光來，用了嚴肅的眼色，凝視了女人之後，發出倒是近于自言自語的調子，說——

『你是蠢貨呀！ 你！ 還以爲老爺總要囘來的麼？……』

于是她也即刻安靜了。並且也如她的男人一樣，用了未會有過的眼色，凝視着火。

在兩個蒼老的臉上，那漸熄的火的薔薇色影，閃閃地顫動着在游移。

窮苦的人們

A●雅各武萊夫 作

無論那一點，都不像『人家』模樣，只是『窠』。然而稱這爲『人家』。爲了小市民式的虛榮心。而且，總之，我們住着的處所是『市鎮』。因爲我們並非『鄉下佬』，而是『小市民』的緣故。但我們，即『小市民』，却是古怪的階級，爲普通的人們所難以懂得的。

安特羅諾夫的一家，就是在我們這四近，也是最窮苦的人們。有一個整天總是醉醺醺的貨車夫叫伊革那提●波特里巴林的，但比起安特羅諾夫一家子來，他還要算是『富戶』。我在快到三歲的時候，就被寄養到安特羅諾夫的『家裏』去了。因爲那里有一個好朋友，叫作賽尼加。賽尼加比我大三個月。

從我的幼年時代的記憶上，是拉不掉賽尼加，賽尼加的父親和母親的。

——是夏天。我和賽尼加從路上走進園裏去。那是一個滿生着野草的很大的園。我們的身子雖然小，但彼此都忽然好像成了高大的，而且偉大的人物模樣。我們攜着手，分開野草，走進菜圃去。左手有着臺階，後面有一間堆積庫。但園和菜圃之間，却什麼東西也沒有。在這處所，先前是有過馬房的。後來伊凡伯伯（就是賽尼加的父親）將牠和別的房屋一同賣掉，喝酒喝完了。

我曾聽到有人在講這件事，這纔知道的。

『聽說伊凡·安特羅諾夫將後進的房屋，統統賣掉了。』

『那就現錢捏得很多哩。』

『可是聽說也早已喝酒喝完了。』

但在我們，却是除掉了障礙物，倒很方便——唔，好了，可以一直走進菜圃裏去了。

『那里去呀？』從後面聽到了聲音。

凱查伯母（就是賽尼加的母親）站在臺階上。　她是一個又高又瘦的女人。

『那里去呀，淘氣小子！』

『到菜園裏去呵。』

『不行！　不許去！　又想摘南瓜去了。』

『不呵，不是摘南瓜去的呀。』

『昨天也糟掉了那麽許多花！　是去弄南瓜花的罷。』

我和賽尼加就面面相覷。　給猜着了。　我們的到菜圃去，完全是爲了摘取南瓜花。　並且爲了吸那花蒂裏面的甘甜的汁水。

『走進菜園裏去，我是不答應的呵！　都到這里來。　給你們點心喫罷。』

要上大門口的臺階，在小小的我們，非常費力。凱查伯母看着這模樣，就笑了起來——

『還是爬快呀，爬！傻子。』

但是，安特羅諾夫的一家，實在是多麼窮苦呵！『上臺階，那地方就擺着一張大條榻。那上面總是排着水桶，水都裝得滿滿的。在桶上面，好像用細棍編就的一般，蓋着蓋子（這是辟邪的符咒）。大門口是寬大的，但其中却一無所有。門口有兩個門。一個門通到漆黑的堆積間，別一個通到房子裏。此外還有小小的扶梯。走上去，便是屋頂房了。房子有三間，很寬廣。也有着廚房。然而房子裏，廚房裏，都是空蕩蕩。說起家具來，是桌子兩張，椅子兩把，就是這一點。除此之外，什麼也沒有了。

我和賽尼加一同在這『家』裏過活，一直到八歲，就是大家都該進學校去了的時光。一同睡覺，一同啼哭。和睦地玩耍，也爭吵起來。

伊凡伯伯是不很在家裏的。他在『下面』做事。『下面』是有各種古怪事情的地方。在我們的市鎮裏，就是這樣地稱呼伏爾迦的沿岸一帶的。夏天時候，有挑夫的事情可做。但一到冬，却完全是失業者。在酒場裏蕩來蕩去，便成爲伊凡伯伯的工作了。但這是我在後來聽到，這纔知道的。

凱查伯母也幾乎總不在家裏。是到『近地』去幫忙——洗衣服，掃地面去了。我和賽尼加大了一點以後，是整天總只有兩個人看家的。只有兩個人看家，倒不要緊，但凱查伯母將要出門的時候，却總要留下兩道『命令』來——

『不許開門。不許上炕爐去。』

我們就捉迷藏，擬賽會，擬強盜，玩耍一整天。

桌子上放着麵包，桌子底下，是水桶己經提來了。

我的祖母偶或跑來，從大門外面望一望，道——

『怎樣？ 大家和和氣氣地在玩麼？』

我們有時也悄悄地爬到炕爐上。 身子一暖，舒服起來，就擁抱着睡去了。或者從通風口（是手掌般大的小窗），很久地，而且安靜地，望着院子。 遏菲謨伯伯走了出來，在馬旁邊做着什麼事，于是馬理加也跑到那地方去了——馬理加是和我們年紀相仿的女孩子。 馬理加的舉動，我們總是熱心地看到底的……

凱查伯母天天囘來得很遲。 外面早已是黃昏了。 凱查伯母疲乏得很，但袋子裏却總是藏着好東西——蜜餞，小糖，或是白麵包。

伊凡伯伯是大抵在我們睡了之後纔囘來的，但沒有睡下，就已囘來了的時候却也有。 冬天，一同住着，是脾氣很大的。 喫麵包，喝水，于是上牀。 雖說是牀，其實就是將破布鋪在地板上，躺在那上面。 我和賽尼加略一吵鬧，就用了可怕的聲音吆喝起來——

「好不煩人的小鬼！ 靜下來！」

我和賽尼加便卽刻靜下，縮得像鼠子一樣。

這樣的時候，我就不知怎地，覺得這樣那樣，全都無聊了。 于是連忙穿好外套，戴上帽子，囘到祖母那里去。 抱着一種說不出的悲愴的心情。

一到夏天，伊凡伯伯就每天喝得爛醉而歸了。 在伏爾迦河岸，夏天能夠找到賺錢的工作。 伊凡伯伯是出名的有力氣的人。 他能將重到廿五普特的貨物，獨自從船裏肩着搬到岸上去。

有時候，黃昏前就囘家來。 人們將條榻搬到大門外，大家都坐着。在休養做了一天而勞乏了的身體。 靜靜的。 用了低聲，在講惡魔與上帝。 人們是極喜歡大家談講些惡魔與上帝的事體的。 也講起普科夫老爺的女兒，還沒有嫁就生了孩子。 有的也講些昨夜所做的夢，和今年的王瓜的收成。 于是天空的晚霞淡下去了。 家畜也統統歸了棲宿的處所去……

聽到有貨車走過對面的街上的聲音——靜靜的。

忽然，聽得有人在很遠的地方吆喝了。

靜靜地坐在條榻上面的人們便擾動起來，側着耳朵。

『又在嚷了。是伊凡呵。』

『在嚷什麼呢？這是伊凡的聲音呀。一定是的。多麼大的聲音啊！』

喊聲漸漸臨近了。于是從轉彎之處，忽然跳出伊凡伯伯的熊一般的形相來。

將沒有簷的帽子，一直戴在腦後，大紅的小衫的扣子，是全沒有扣上的。然而醉了的臉，却總是含着微笑。脚步很不穩，歪歪斜斜地在蹌踉。並且唱着中意的小曲。（曲子是無論什麼時候，定規是這一首的。）

于你既然

有意了的那姑娘，
不去抱一下呵
你好狠的心腸——

一走過轉角，便用了連喉嚨也要炸破的大聲，叫道——

『喂，老婆！ 回來囉！ 來迎接好漢囉！』

坐在條榻上的人們一聽到這，就憤慨似的，而且嘲笑似的說道——

『喂，好漢，什麼樣子呀！ 會給惡魔抓去的呵！ 學些得罪上帝的樣，要給打死哩。』

但孩子們却都跑出來迎接伊凡伯伯了。 雖然醉着，然而伊凡伯伯的回來，在我們是一件喜慶事。 因爲總帶了點心來給我們的。

四近有許多孩子們，像秋天的樹菌一樣。 孩子們連成圈子，圍住了他。 響亮的笑聲和叫聲，衝破了寂靜。

喝醉了，然而總在微笑的伊凡伯伯，便用他的大手，抓着按住我們。

並且笑着說——

『來了哪，來了哪，小流氓和小扒手，許許多都來了哪。爲了點心罷？』

伊凡伯伯一動手分點心，就起了吵鬧和小爭鬬。分完之後，伊凡伯伯却一定說：『那麽，和伯伯一同唱起來罷。』

新娘子的衣裳
是白的．
薔薇花做的花圈
是紅的——
我們就發出響亮的尖聲音，合唱起來。
新娘子
顯着傷心的眼兒，
向聖十字架默看。

面龐上呵，
淚珠兒亮亮的發閃。

我們是在一直先前，早就暗記了這曲子的了。孩子們的大半——我自己也如此——這曲子恐怕乃是一生中所記得的第一個曲子。我在還沒能唱以前，就記得了那句子的了。那是我跟在走過我家附近的平野的兵們之後的時候，就記住了的。

安特羅諾夫家的耳門旁邊，站着凱查伯母。並且用了責備似的眼色來迎接伊凡伯伯了。

『又喝了來哩。』

那是不問也知道的。

凱查伯母的所有的物事，是窮苦。是『近地』的工作。還有，是長吁。只是這一點。

我不記得凱查伯母曾經唱過一回歌。這是窮苦之故。但若遇着節日，便化一個戈貝克(一)，買了王瓜子，或是什麼的了來。于是到院子裏，一面想，一面嗑。近地的主婦們一看見這，便說壞話道——

『瞧罷，連喫的東西也買不起，倒嗑着瓜子哩。』

于是就將嗑瓜子說得好像大逆不道一樣。

——凡不能買麵包者，沒有嗑瓜子的權利——

這是我們『近地』的對于貧苦的人們的道德律。

然而凱查伯母是因爲要不使我們餓死，拚命地做工的。即使是生了病，也不能管。只好還像健康時候一樣做工。

有一囘，凱查伯母常常說起身上沒有力。然而還是去做事。是竿子上掛着衣服，到河裏洗去了。這樣地做着到有一天，囘到耳門旁邊時候，就忽然跌倒，渾身發抖，在地面上儘爬。近地的人們跑過來，將她抬進『家』裏面。不多久，凱查伯母就生了孩子了………

實在是可憐得很。

即使在四近的隨便那里搜尋，恐怕也不會發見比安特羅諾夫的一家更窮苦，更不幸的家庭的罷。

有一回，曾經有過這樣的事。那是連牆壁也結了冰的二月的大冷天。一個乞丐到安特羅諾夫的家裏來了。

我和賽尼加正在大一點的那間屋子裏游戲。 凱查伯母是在給嬰兒做事情。 這一天，凱查伯母在家裏。

乞丐是禿頭的高個子的老人。 穿着破爛不堪的短外套。 脚上穿的是補釘近百的氈靴。 手裏拿一枝拄杖。

『請給一點東西罷。』他喘吁吁地說。

凱查伯母就撕給了一片麵包。（我在這里，要說幾句我的誕生之處的好習慣。在我所誕生的市鎮上，拒絕乞丐的人，是一個也沒有的。 有一次，因爲一個女人加以拒絕，四近的人們便聚起來，將她責備了。）

註一：盧布之百分之一，現約合中國二十文——譯者。

那乞丐接了麵包片，畫一個十字。　我和賽尼加站在門口在看他。乞丐的細瘦的臉，爲了嚴寒，成着紫色。　生得亂蓬蓬的下巴鬍子是可憐地在發抖。

『太太，給歇一歇，可以麼？　快要凍死了。』乞丐吶吶地說。

『可以的，可以的。　坐在這條榻上面罷。』凱查伯母答道。

乞丐發着怕人的呻吟聲，坐在條榻上面了。　隨卽背好了他肩上的袋子，將拄杖放在旁邊。　那乏極了的乞丐臉上的兩眼，昏得似乎簡直什麼也看不見，恰如灰色的水窪一般。　在臉上，則一切音響，動作，思想，生活，好像都並不反映。　是無底的空虛。　他的鼻子，又瘦又高，簡直像瞧樓模樣。

凱查伯母也抱着嬰孩，站了起來。　看着乞丐的樣子，說——

『你是從那里來的？』

老人吶吶地說了句話，但是聽不眞。　忽然間，劇烈地咳嗽起來了。

接連着咳得很苦，終于伏在條榻上。

「唉唉，這是怎的阿，」凱查伯母喫驚着，說。

她將嬰孩放在搖籃裏，便用力抱住了老人，扶他起來。

老人是乏極了的。

「凍壞了……」老人說，嘴脣並不動。「沒有法子。請給我暖一暖罷。」

「哦哦，好的好的。上炕爐去。放心暖一下。」凱查伯母立刻這樣說。「我來扶你罷。」

凱查伯母給老人脫了短外套和氈鞋。于是扶他爬上炕爐去。好不容易，他纔爬上了炕爐。從破爛不堪的褲子下面，露出了竿子似的細瘦的兩脚。

我和賽尼加就動手來檢查那老人的袋子，短外套和氈鞋。

袋子裏面只裝着一點麵包末。短外套上爬着淡黃色的小東西——那一定就是那個蝨了。

『客人的物事，動不得的！』凱查伯母斥止我們說。

她于是拾起短外套和袋子，放在炕爐上的老人的旁邊。

五分鐘之後，我和賽尼加也已經和老人同在炕爐上面了。那老人躺着。閉了眼睛，在打鼾。我和賽尼加目不轉睛地看定他。我們不高興了。老人占據了炕爐的最好的地方，一動也不動。我們就不高興這一點。

『走開！』

『給客人靜靜的！』凱查伯母叫了起來。

但是，那有這樣的道理呢？却將家裏的最好的地方，借給了忽然從街上無端跑來的老頭子！

我和賽尼加簡直大發脾氣了。兩個人就都跑到我的祖母那里去——

過了一天，過了兩天。 然而老人還不從炕爐上走開。

『阿媽，趕走他罷。』賽尼加說。

『胡說！』凱查伯母道。『什麼話呀。那老人不是害着病麼？ 況且一個也沒有照料他的人。 再胡說，我要不答應你的呵！』

于是炕爐就完全被老人所占領了。

老人在炕爐上，一天一天衰弱下去。 好像死期已經臨近似的。

『哪，老伯母，』凱查伯母對我的祖母說。『那人是一定要死的了。死起來，怎麼好呢？』

『那是總得給他到什麼地方去下葬的。』我的祖母靜靜地答道。『又不能就擺在這些地方呀。』

來了一個老乞丐，快要死掉了——的傳聞，近地全都傳開了。 于是人們就竭力將各種的東西，送到凱查伯母這里來。 有的是白麵包，有的是點心。 人們一看見那老人，便可憐地歎息。

『從那里來的呢？』

『不知道呀。片紙隻字也找不出。』

『怕就是要這樣地死掉的罷？』

然而老人並沒有死掉。他總是這樣地躺在炕爐上，活着。

這之間，三四禮拜的日子過去了。有一天，老人却走下了炕爐來。瘦弱得好像故事裏的『不死老翁』似的，是一看也令人害怕的樣子。

凱查伯母領他到浴堂去，親自給他洗了一個澡。

並且很誠懇地照料他各種的事情。他的病是全好了，現在就要走了罷，炕爐又可以隨我們的便了——我和賽尼加心裏想。

然而，雖然並不專躺在炕爐上面了，老人却還不輕易地就走出去。

他扶着牆壁，走動起來。絕着拄杖，吶吶地開口了——

「眞是打攪得不成樣子，太太。」

『那里的話。這樣的事情，不算什麼的。』

『可總應該出去了。』

『那里去呀？　連走也還不會走呢？　再這樣地住着罷。』

『可是，總只好再到世界上去跑跑呵。』

『不行的呵。　就是跑出去，有什麼用呢？　住幾時再去罷。』

就這樣子，老人在安特羅諾夫的家裏，和大家一同過活了。　他總像什麼的影子一樣，在家裏面徘徊。　片時也不放下拄杖。　拄杖是茁實的榆樹，下端釘着釘。　釘在老人走過之後的地板上，就留下雕刻一般的痕迹。　一到中午和晚上的用膳時候，老人也就坐到食桌面前來，簡直像一家人模樣。　擺在食桌上面的，雖然天天一定是白菜羹，但是，這究竟總還是用膳。

對于老人，伊凡伯伯也成了和藹的好主人了。

『來，老伯伯，喫呀。』

『我麼？　不知怎的，今天不想喫東西。』

喫完之後，大家就開始來談各樣的閑天。　老人說他年青時候，是曾經當過兵的。　伊凡伯伯也是當兵出身。　因此談得很合適。　兩個人總是談着兵隊的事情。

『怎樣，老伯伯，吸一筒罷？』

伊凡伯伯說着，就從煙荷包裏撮出煙絲來。

『給你裝起來。』他將煙絲滿滿地裝在煙斗裏，遞給老人道——

『吸呀。』

于是老人說道——

『我有過一枝很好的烟管，近來不知道在那里遺失了。』

夏天到了，太陽輝煌了起來。　老人能夠走出院子裏去了。他終日坐在耳門的旁邊。　而且用那沒有生氣的眼，看着路上的人們。　也好像在沈思什麼事。

我從未聽到凱查伯母說過老人的壞話。　給他占領了炕爐上面，卽家裏的最好的處所，在食桌上，是叫他坐進去，像一家人一樣——對于這老人，加以這樣的親密的待遇，究竟有什麽好處呢？

時時，老人彷彿記得了似的，說——

『總得再到世界上去跑跑呵。』

一聽到這，凱查伯母可就生氣了——

『這里的喫的東西，不中意麽？亂撞亂走，連麵包末屑也不會有的呵。』

凱查伯母是決不許老人背上袋子，跑了出去的。

伊凡伯伯每夜都請他吸烟。有一回，喝得爛醉，提着燒酒的瓶回來了。一面自己就從瓶口大口地喝酒，一面向老人說道——

『大家都是軍人呀。軍人有不喝酒的道理麽？咱們都是肩過鎗，衝過鋒的人。咱們都是好漢呀。對不對？來，喝罷！』

老人被他灌了不會喝的酒，苦得要命。

有一時候，只有一次，伊凡伯伯曾經顯出不高興的相貌，訶斥了這客人。

『這不是糟麼。 這樣地傷完了地板！ 給我杖子罷。』

伊凡伯伯從老人接過拄杖來，便將突出的釘，敲進去了。

老人就這樣地在安特羅諾夫的家裏大約住了一年多。

要給一個人的肚子飽滿，身子溫暖，必需多少東西呢？ 只要有麵包片和房角，那就夠了。 但對于老人却給了炕爐。

是初秋的一個早晨。 凱查伯母跑到我的祖母這里來了。

『老伯伯快要死掉了哩！』

祖母喫了一驚，不禁將手一拍。

于是跑到種種的地方，費了種種的心思。將通知傳給四近。

就在這晚上，老人死掉了。

四近的人們都來送終。 一個老女人拿了小衫來。 有的送那做屍衣的冷紗，有的送草鞋。木匠伊理亞・陀惠達來合了棺材。工錢却沒有要。遏菲謨・希納列尼科夫借給了自已的馬，好拉棺材到墓地去。又有人來掘了墓穴。都不要錢——

『體面』的葬儀舉行了。

一到出喪的時候，鄰近的人們全到了，一個不缺。並且幫同將棺材抬上貨車去。還有一面哭着的。

凱查伯母去立了墓標。那里辦來的錢呢，可不知道。總之，是立了墓標了。

這些一切，是人們應該來做的。不肯不做的。

豎琴

V・理定　作

快些，歌人呀，快些。
這里有黃金的豎琴。

——萊爾孟多夫——

早上。水手們占領了市鎮。運來了機關鎗，掘好壕塹。躺下等着。一天，又一天。藥劑師加萊茲基先生和梭羅木諾微支——麵粉廠主——，是市的委員。跑到支隊長的水手蒲什該那里去。蒲什該約定了個人，住宅，信仰，私產，酒倉的不侵。市裏放心了。在教會裏，主唱是眼向着天空唱歌。梭羅木諾微支為水手們送了五袋餅乾去。水手們是在壕塹裏。吸着香烟。和市人也熟識起來了。到第三天，壕塹裏也住厭了。沒有敵人。傍晚時候，水手們便到市的公園裏去散步，在小路上，和姑娘們大家開玩笑。第四天早晨，還在大家睡着的時候，連哨兵也睡着的時候——駛到了五輛摩托車，從裏面的掩蓋下跳出了戴着兜帽的兵士。放步哨，在郵政局旁大約射擊了三十分鐘。於是並不去追擊那用船逃往對岸的水手們，而占領了市鎮。整兩天之間，搜住戶，罰行人，將在銀行裏辦事，毫無錯處的理孚庚鎗斃了。其次，是將不知姓名的人三個，此後，是五個。夜裏在哨位上砍了兩個德國人。一到早上，少佐向市裏出了徵發令。居民那邊就又派了代表來，加萊玆基先生和梭羅木諾微支。少佐動着紅鬍子，實行徵發了。但到第二天，不知從那里又開到了戰線隊，砍了德國人，殺了紅鬍子少佐——將市鎮占領了。從此以後，樣樣的事情就開頭了。

戰線隊也約定了個人和信仰的不侵。古的猶太的神明，又聽到了主唱的響亮的浩唱——但是，在早上，竟有三個壞人將舊的羅德希理特的雜貨店搗毀了。日中，開手搶汽水製造廠。居民的代表又去辦交涉。軍隊又約了不侵。——然而到晚上，又有三個店鋪和梭羅木諾微支自己的事務所遭劫。暴動是九點鐘開頭的，——到十一點，酒倉就遭劫——於是繼續了兩晝夜。在第三天，亞德曼隊到了。徹夜的開鎗。——到早上，趕走了戰線隊，亞德曼隊就接着暴動。後來，綠軍將亞德曼隊趕走了。於是來了藍軍——喬邦隊。最後，是瑪沙•珊普羅瓦坐着鐵甲摩托車來到。戴皮帽，着皮襖，穿長靴，還帶手鎗。親手鎗斃了七個人，用鞭子抽了亞德曼，黑眼珠和油黏的捲髮在發閃……自從瑪沙•珊普羅瓦來到以後，暴動還繼續了三晝夜——總計七晝夜。這七天裏，是在街上來來往往，打破玻璃，將猶太人拖來拖去，拉長帽子，偷換長靴……猶太人是躲在樓頂房或地下室裏。教會呢，跪了。教士呢，做勤行，教區人民呢，劃了十字。夜裏，在市邊放火了，沒有一個去救火的。

十七個猶太人在樓頂房裏坐着。用柴塞住門口。在黑暗中，誰也不像還在活着。只有長吁和啜泣和對於亞陀那的呼籲。——你偉大者呀，不要使你古舊之民滅亡罷——而嬰兒是哭起來了——哇呀，哇呀！——生下來纔有七個月的嬰兒。——聽我們罷，聽罷……你們竟要使我們滅亡麼？……給他喝奶罷。——我這里沒有什麼奶呀……——誰有奶呢，喂，誰這里有奶呢？給孩子喝一點罷，他要送掉我們的命了……——靜一靜罷，好孩子……阿阿，西瑪•伊司羅藹黎，靜着，你是好孩子呀……——聽見的罷，在走呢，下面在走呢，走過去了……——如果沒有奶，我可眞不知道怎麼辨纔好了——按住那孩子的嘴罷，按住那孩子的嘴罷，不給人們聽到那麼地……——走過去了。走了許多時。敲了門。亂踢了柴。走過去了。

穿着棉衣，眼鏡下面有着圓眼睛的年青的男人，夜裏，在講給芳妮•阿里普列息德聽。——懂了麼，女人將孩子緊緊的按在胸脯上，緊按着一直到走過去了之後的——待到走過之後，記得起來，孩子是早已死掉了…

……我就是用這眼睛在樓頂房裏看見的。後來便逃來了——我一定要到墨斯科去。去尋正義去……正義在什麼地方呢？人們都說着，正義，是在墨斯科的。

芳妮和他同坐在挂牀下的地板上。她也在回墨斯科。撇下了三個月的漂流和基雅夫以及阿兌塞的生活——芳妮是正在歸向陀爾各夫斯基街的留巴伯母那里去……貨車——脹滿了的，車頂上和破的食堂車裏，到處綁紮着人們和箱子和袋子的貨車——慢慢地爬出去了。已經交冬，從樹林漂出冷氣，河裏都結了冰。火車格格地響了，顛簸了。人掉下去了。挂牀格格地響了——替在挂牀上的短髮姑娘拉過外套去。那是一位好姑娘。忽然間，火車在野地裏停止了。停到有幾點鐘，停到有一晝夜。旅客挑了鋸子和斧頭在手裏，到近地的樹林裏去砍柴。到早上，燒起鍋鑪來。柴木滴着樹液，壓了火，很不容易燒。火車前去了。夜也跑了。雪的白天也跑了。到夜裏，站站總是鑽進貨車的黑暗中來。是支隊上來了。用脚撥着搜尋，亂踢口袋一陣。在叫作『拉士剛那耶』這快活的小站裏，將凍死人搬落車頂來。外套好像疥癬。女人似的沒有鬍子的臉。鼻孔裏結着霜。再過一站——水手來圍住了。車也停止了。說是沒有趕走綠軍之間，不給開過去。綠軍從林子裏出來，占領了土岡。在土岡上，恰如克陀梭夫模樣——礮兵軍曹凱文將手放在障熱版上，眺望了周圍。火車停在燒掉了的車站上。旅客在貨車裏跳舞。水手拿着手溜彈，在車旁邊徘徊。夜裏，有襲擊。機關鎗響，手溜彈炸了——是襲擊了土岡。到早上，將綠軍趕走了。火車等着了。車頭哼起來了。前進了。於是又經過了黑的村落，燒掉了的車站，峽間的雪，深淵等——俄羅斯，走過去了。

這麼樣子地坐在挂床下面走路。回到陀爾各夫斯基街去的芳妮和藥劑師亞伯拉罕·勃蘭的兒子，因尋正義而出門的雅各·勃蘭。在他們的挂床底下，有着支隊沒有搜出的麵包片。喫麵包，掠頭髮。雅各·勃蘭說——多麼糟呀……連短外套都要燒掉的罷。

墨斯科的芳妮那里，還有伯父，有伯母。有白的擺着眠床的小屋子，有書。——芳妮聽講義。後來，來了一個男人。是叫作亞歷山大•希略也夫的，刮了鬍子，有着黑的發火似的眼和發沙的有威嚴的聲音的男人。開初，是隨便戴着皮帽，豁開着外套的前胸的。——但後來向誰拋了一個炸彈以後——三天沒有露面，這回是成了文官模樣跑來了——爲了煽動，又爲了造反，動身向南方去了——那黑的發火似的眼，深射了芳妮的心。拋了講義，拋了伯母，拋了白的小屋子——跟着他走了。放浪了。住在有溜出的路的屋子裏。夜裏，也曾在間道上發抖——從誰(的手裏)逃脫了。住在基雅夫。住在阿兌塞——後來，又向誰拋了炸彈。夜裏，前來捉去了賽希加。早晨，芳妮去尋覓了。也排了號數，做禱告——尋覓了五天。到第六天，報紙上登出來了。爲了暴動，鎗斃了二十四個人。亞歷山大•希略也夫，即賽希加，也被鎗斃了…………

雅各•勃蘭說——大家都來打猶太人，似乎除打猶太人以外，就沒有事情做。——入夜，月亮出來了，在雪的土岡上的空中輝煌。第二天的早晨，市鎮聳立在藤花色的霧氣裏，是墨斯科聳立着了。火車像野猪一般，蹣跚着，遍身瘡痍地髒着走近去。從車頂上爬下來。在通路上搜檢口袋，打開餅乾。泥濘的地板上，外套成細的躺着。街市是白的。人們拉着橇。女人爭先後。在廣場裏，市場顯得黑黝黝。雅各·勃蘭拖着芳妮的皮包和自己的空的一個，一路走出去。眼睛在眼鏡後面歪斜了。髒的汗流在臉上了。運貨摩托車轟軋着。十字廣場上，半破的石膏像屹立着。學生們在第二段上慌張。一手拿書籍一手拿着火燒的柴。挨先後次序排好了。許多工夫，經過了長的街道。許多人們在走。張了嘴在拉，拖，休息。孩子們拿着捲煙，在角落裏叫喊。店鋪的粉碎的玻璃上，發了一聲烈響，鐵掉下來了。騎馬的人忽而從橫街出現了。拿着鎗。飄着紅旗。馬噴着鼻子——顛簸着跑過去了。居民慌忙走過去。不多久，露在散步路上的普式庚（像）的肩上，烏鴉站着了。芳妮是聽過羅馬史的講義的，有着羅馬人的側臉的志願講師，在拉那裝着袋子的小橇。從袋子裏漏着粉。他的側臉也軟了，看去早不像羅馬人了。大張着嘴巴。——他站住了，脫一脫帽。街上熱氣來。雅各，勃蘭到底將芳妮的皮包運到昇降口了。揩着前額，約了再會，握手而去了。向雪中，向霧中，提着自己的空空的皮包，尋求着正義。雅各•勃蘭做了詩，他終於決計做成一本書，在墨斯科出版——雅各•勃蘭已經和血和苦惱和暴動告別——他開始新的生活了。

芳妮將皮包拖上了五層樓。樓階上挂着冰筯。房門格格地響。從梯盤上的破窗門裏，吹進風來。留巴伯父，萊夫•留復微支•萊阿夫，先前是住在三層樓上的，後來一切都改變了。先前是主人的住房的三層樓上——現在是住着兌穆思先生。運貨摩托車發着大聲，從郊外的關門的多年的窠裏，將他攧下來了。——渥孚羅司先生是三天爲限，趕上了上面的四層樓——這就是，被趕到和神相近，和水卻遠，狹窄的地方去了。但是，剛剛覺得住慣，就被逐出了。五層樓的二十四號區裏，和留巴伯父一起，是住着下面那樣的人們——眼下有着三角的前將軍札盧錫多先生（七號室）。軍事專門家琦林，以及有着褪色的扇子和寫着『歌女慈瀏來微支・慈瀏來夫斯卡耶』的傳單，和叫作喀力克的藍眼睛的近親的私生子，穿着破後跟靴子的小公爵望德萊羅易的慈瀏來微支・慈瀏來夫斯卡耶（十三號室）。然而，無論是渥孚羅司先生，兌穆思先生，戲子渥開摩夫先生，有着灰色眼珠，白天是提着跳舞用的皮包跑來跑去的梭耶・烏斯班斯卡耶小姐——都一樣地顯着渴睡的臉，在好像正在戰鬬的鐵甲艦一般冒煙的煙通的口，從拉窗鑽了出來的房屋的大房裏，站着——拿了茶器和水桶，在從龍頭流出的細流，敲着錫器的底之間，站着。

留巴伯父辦公去了，不在家。伯母呼呼地長吁了。芳妮哭了。用了晚餐。芳妮敍述了一通。軍事專門家在間壁劈柴。對於芳妮，給了她一塊地方。在鋼琴後面支起牀來。她隔了一個月，這纔躺在乾淨的被窩裏了。牀沒有顫動。半夜裏，因爲太靜，她醒了。想了——小站，暗，雨，黃色的電燈，滿是灰沙的溼溼的貨車，——小站的風，秋天的，夜半的俄羅斯。黑的村，電柱潮溼的呻吟着，暗，野，泥濘。

芳妮到早上，爲了新的生活醒來了。留巴伯父決計在自己這里使用她——打打字機。傍晚，芳妮被家屋委員會叫去了。在那地方被吩咐，到勞動調查所去，其間沒有工作的時候，就去掃街道。早晨七點鐘，經過了灰色的街，被帶去了。走了。跨過積雪了。終於在停車場看見飄着紅旗了。許多工夫，沿着道路走。碰着風捲雪堆了。在那里等候拿鏟來。等了一點鐘，鏟沒有來。又被帶着從別的道路走。叫她卸柴薪……到傍晚，芳妮囘家了。伯母給做了炸蘿蔔，給喝茶。芳妮溫暖了。冰着的窗玻璃外，下着小雪。她想着新生活——剛纔開始的勞動的生活。過去——是戀愛和苦惱。過了一天，她已經在留巴伯父在辦公的公署裏，打着打字機了。有身穿皮外套的女職員。十二號室前的廊下，是(人們)排着班。私室裏，在皮的靠手椅子上，是坐着刮光鬍子，大鼻子的軍事委員。用紅墨水，在文件上簽名。訪問者揩着前額，欣欣然出去了。過一天，戚戚然回來了。他拿來的文件上，是汙墁着證明呀簽名呀拒絕呀的血。在地下室的倉庫裏，傍晚是開始了分配。各羊肉二磅，蜂蜜一磅，便宜煙草一袋。公署是活潑地活動了。造豫算，付糧食，寫報告——管理居民間的煙草的分配。從七點到七點，排在班裏，站着一個可憐相的老頭子。等出山了，得了一個月的自己的份兒。滿足着出去了，爲了將世界變煙，鑽在窠裏，打鼾，咳嗽。

一到夜，戲子渥開摩夫便在院子裏劈柴。前面是房子的倒敗的殘餘和懸空的梯子。月和廢墟，烏鴉和豎琴——全然是蘇格蘭式的題目。獨立的房屋已被拆去，打碎了。月亮照着瞎眼的窗。渥開摩夫在劈柴，唱歌——您的纖指，發香如白檀兮………搬柴上樓，燒火爐。在火邊伸開兩腿，悠然而坐，有如華飾爐邊的王侯。只要枯煤尚存，就好。靠家屋委員會的幹旋，從國庫的市區經濟的部分給與了八分之一——帶小橇去拉來了——但還有一點不好，就是從此以後，兩脚發抖，不成其爲律動運動了。是瓦爾康斯基派的律動運動呀。渥開摩夫在出臺的劇場，是律動底的——渥開摩夫雖在三點鐘頃，前去的素菜食堂裏——他也始終還是律動底的。無論是對着那裝着蘿蔔餡的捲肉的板的態度，對着賬桌的態度，對着小桌子的態度。於是錫的小匙，在手中發亮，雜件羹上——熱氣成爲輕雲，升騰了起來。

留巴伯父看着渥開摩夫的巧妙地劈柴。瓦爾康斯基的事情，是一點都不知道的。但是，有一晚，渥開摩夫全都說給他聽了。就是，關於舞臺上的人們呀，以及人生之最爲重要者，是rhythm（律動）呀這些事。留巴伯父第二天和軍事委員談了天。同志渥開摩夫便得到招請，到那倘使沒有這個，則一切老頭子和煙草黨也許早經倒斃了的公署裏，去指導演劇研究。……渥開摩夫第一次前往，示了怎樣謂之身段的時候——而渥開摩夫雖然是高個子，青面頰，眼珠灰色的男人——卽刻集得了十八位男人和八位女人來做協力者。於是在第二天，又是十八位和八位。研究時間一完，都不囘去，聚在大廳裏。在大廳裏，有鏡子和棕櫚和傳單和金色椅子。渥開摩夫首先說明的，是一切中都有諧和，世界本身就是一個諧和。於是提議，做起動作來看罷。伸開右脚的小腿，伸長頸子的筋肉，將身體從強直弄到自由——教大家團團地走——大家團團地走了，使筋肉自由，又將筋肉緊張了，是輕快的，自由的，專一的……渥開摩夫是每星期做三囘練習。於是到第三囘完，大家就已經成爲律動底了。在電話口唱歌似的叫『喂，喂』了。會計員的什瓦多夫斯基刮了鬍子，綁起裏腿來了。先前是村女一般穿着毛皮靴子走的交換手們，這囘是帶了套靴來穿上，濃濃地擦粉，使頭髮捲起來了。——在大廳上，是拿着花圈，古風地打招呼了。

每星期三四，七點鐘來接渥開摩夫。不是肉類搬運車，就是運貨摩托車。上面戴着包頭布，硬紙匣，打皺的帽子和刮過鬚而又長了起來的頰，渥開摩夫不是在車底上搖着，就是抓住別人的肩，張了兩腿站着。運貨摩托車叫着，軋着，走向暗中，向受持區域去。在戞戞發響的車站上，早又有人等着了。還是黑一條白一條的打扮。於是一面穿衣服，一面走過來——車子是這樣地將他們往前送，爲了發沙聲，搽白粉，教初學。兩幕間之暇，搬出茶來。也有加了酸酸的果醬的麵包片。戲子們喫東西，喝茶……車夫忽然說，車有了障礙了。從勃拉古希到哈木扶涅基，戲子們自己走。抱着硬紙匣，沿着牆壁走。那保孚羅跂，穆爾特庚，珂彌薩耳什夫斯卡耶的一班……

渥開摩夫得了傳票，叫他帶着被臥，鍋子，盤子去。是叫他一星期之間，去砍柴。他前去說明白。廊下混雜着許多人。渥開摩夫說，自己是藝術家，美術家，是在辦教育。一個鐘頭之後，從厭倦而悄然的人們旁邊走出去了。是受了命令，此後也還是辦教育。札盧錫多也得了一樣的傳票。眼下有着暗淡的將軍式三角的他，便許多工夫，發沙聲，給看帶着鎗傷的脚。藍色的他是滿足着回來了。他孤獨地住着。時時從小窗裏，伸出斑白的腦袋去，叫住韃靼人。頭戴無邊帽子的韃靼人進來了。顯着信心甚深的臉相，來看男人用的褲子。摸着，向明照着。搖頭而打舌了。將軍發了沙聲，偸眼去瞥了。暗嚥唾沫了。韃靼人恭恭敬敬地行過禮，拿了袋子出去了。將軍將錢藏在地板下，穿上破破爛爛的紅裏子的外套——只有靴子是有銅跟的將軍靴——走出門外面去了。人們在旁邊走過。在行列裏冷得發抖。羣集接連着走。女人們，拿着箱子，紮着衣裾的男人們，接連着走。——用了大家合拍的步法走過去。而忽然——音樂，從後面，是吹奏管樂隊的行進——在上面，合拍地搖着通紅的棺衣。在紅棺中——是有節的白的鼻，黑的眉，既歸平靜，看見一切而知道一切者，漂在最後的波上。軍隊走過了。白的臉漂去了。搖擺了。樂隊停奏了。奏了莊嚴的永遠的光榮了。死人在缺缺刻刻的壁下，永遠朽爛。爲了在十一月的昏黃中，聽取花的磁器底的音響，而被留遺了……

札盧錫多當傍晚時分，在沒有火氣的屋子裏，用了突成筋節的帶青的手，寫了——『重要者，是在力免於餓死也。有減少運動之必要。須買魚油。否則缺少脂肪矣。似將驅舊軍官於一處，而卽在其處了之。然有可信之風聞，謂雖集合於展覽聖者遺骸之保健局展覽會，而在忙於觀察之諸人面前，有文官服飾之教士等大作法事云。然則可謂以死相恫嚇也。假使連絡線而不伸長也，則一月之中，墨斯科可以占領。一隊外國兵可以侵入，乃最確實之事也，今日已變換赤旗之位置——乃偉大之成功，亦空前之略取也。然而重要者，乃得免於餓死也。不當再買白糖。白糖者——奢侈品也。是當慣於無甜味而飲茶之時矣……』將軍發出沙聲來，吐了長吁。

壁的那面，慈潑來微支・慈潑來夫斯卡耶筒了外套躺着。這時候，藍眼睛的喀力克，小望德萊羅易公爵，雖然爲老嫗們所驅逐，却還在蹩來蹩去，拾集木片，從廢屋的廢料裏，拉出板片來。將板壁片，紙片，路上檢來的小枝等，裝在袋裏，拿回來了——火爐燒起來了。小公爵蹲着烘手。紅的火照着藍的眼，母親一樣的紫花地丁色的眼——是一個平穩的，聰明的，知道了人生的碧眼小老翁。

紐莎——製造束腰帶的，住在慈潑來微支，慈潑來夫斯卡耶先前住過的二樓上。結了婚，得到四十亞爾辛（一）的布匹。現在很想早點生孩子，再得到布匹和孩子的名片。丈夫在外面，運粉，籌錢。紐莎毫不難爲情地走過，將這里九年之間在家中馴熟的，那大名寫在紅的紙片上的，有名的慈潑來微支•慈潑來夫斯卡耶的先前的住所的房門，用英國式的鑰匙開開了。後來，紐莎突然在樓上的有花圈而無火氣的屋子裏出現。僅罩頭巾，站在門口，平靜地說，因爲願意用麥粉做謝禮，請教給她唱歌。慈潑來微支•慈潑來夫斯卡耶在她面前張了腿站定，想噴罵她。然而閉了嘴，好像喫了一驚似的，什麼也不回答。紐莎嘲笑着跑掉了。白天，慈潑來微支•慈潑來夫斯卡耶筒在外套裏躺着。夜裏，是望德萊羅易公爵咬牙齒，幾乎要從兩脚的椅子上抬起那疲乏的頭來。他而且還做了認眞的，少年老成的夢。第二天早上，她顯着浮腫的臉起來了，吩咐他去叫紐莎來。紐莎說身

註一：俄國尺度名，一亞爾辛約中國二尺四寸餘——譯者。

體不舒服，請她自行光降罷。慈潑來微支‧慈潑來夫斯卡耶又咬了一回牙關，但罩上頭巾，走下去了。一個鐘頭之後，到留巴伯母這里來借稱。紐莎學唱了。慈潑來微支‧慈潑來夫斯卡耶將麥粉裝進袋中，挂在釘上，免得招鼠子。

雅各‧勃蘭是帶着旅行皮包，遊歷公署了。上了五層樓，等候輪到號數。鑽過那打通了的牆壁，從這大廳走到那大廳。探問了。又平穩，又固執，又和氣——蓋他此時終於已在一切同等，誰也不打誰，不砍誰的地方——廉價辦公，以勞動獲得麵包的地方了。女職員們是吵鬧，聳肩，從這屋追到那屋——他呢，嘮叨地熱心地又跑來，非到最後有誰覺得麻煩，竟一不小心，給用妙筆寫了——付給可也——之後，是不干休的。到底，付給雅各‧勃蘭了。就是付給了生活的權利，得有在那下面做事，寫字，思索的屋頂的權利了。是停車場旁的第三十四號共同住宿所，先前的『來惠黎』的連帶家具的屋子十七號。雅各‧勃蘭欣欣然走過薩木迪基街，薩陀斐耶街，搬了皮包。傍晚，他坐在沒有火氣的屋子裏了。壁紙後面，有什麼東西悉悉索索地作響，滾下去了，在枕頭邊慢慢地爬了一轉。白天裏，在花紙上見過的——拿着大鐮刀的死，出來了。給爬在文件上，點了火，唏唏地叫，焦黃，裂碎了…………

雅各•勃蘭決了心，要堅執地來使生活穩固。爲自己的事，走遍了全市鎮。無論誰，都有工作，都有求生的意志。雅各•勃蘭在街上往來，停在街角思索。人們幾乎和他相撞，跳開走了。他（故鄉）的市鎮裏，是什麼人也不忙，什麼地方也不忙的。關在家裏——暴動之際，是躲起來了。雖有做詩的本子，訴苦的胃囊。但還是勇敢而不失希望的他，是走而又走了。在空地，磚頭，鐵堆，凍結而沒有人氣的店鋪和人列的旁邊……在灰色的獨立屋裏，是升騰着苦的烟，坐着打打字機，穿外套的女職員。雅各•勃蘭走向靠邊的女人那里，去請教她，倘要受作爲著作家的接濟，應該怎麼辦纔好。接濟，在他是萬不可缺了。還說，否則，他是不來請託的哩。女職員也想了一想，但將他弄到別的辦事桌去了。從此又被弄上樓去了——於是他走上樓去了。被招待了。翻本子了。結果是約定了商量着看罷，問一問罷，想一想罷。說是月曜日再來罷。到月曜日，他去了。再拿出詩來看。是坐着無產者出身的詩人們的屋子。於是他說，自己也是無產者出身，自己的祖父是管水磨的。——詩被接受，約定了看一看再說。到水曜日，將對於他的接濟拒絕了。但在這時，他已經找到了別的高位的公署。他好像辦公一般，每天跑到那邊去，等在客廳裏，寫了請求書。要求給他作爲無產詩人的扶助和接濟和稿費。到金曜日，一切都被拒絕了。就是，對於接濟，對於稿費，對於扶助。然而給了一件公文，教到別的公署去。那地方是，從階上滿出，在路上，廊下，都排着長蛇之陣了。雅各•勃蘭便跟在尾巴上。日暮了。陣勢散了。第二天早晨，他一早就到，進去是第一名，許多工夫讀公文，翻轉來看，側了頭。終於給了一道命令書。憑着黃色的命令書，雅各•勃蘭在閉鎖了的第四付給局裏，領到了頭飾和天鵝絨的帽子。在自己的房裏，他戴着這帽子，走近窗口去。屋頂是白白的。黃昏是濃起來了。烏鴉將胸脯之下埋在雪裏洗澡。市鎮和自己全不相干。這里也和別處一樣，並無正義存在。雅各•勃蘭覺得精力都耗盡了。他躺在牀上，悟到了已沒有更大的力量。在半夜裏，走上一隻又大又黑，可惡的雞到他這里來，發出嘎聲叫，他來驅逐這東西。但雞斜了眼睛瞪視着，張了嘴，不肯走。將近天明，因爲和雞的戰鬥，他乏極了。指頭冰冷了。頭落在枕上，抬不起來了。大的，白的蝨子，到他這里來了。雅各•勃蘭是生起發疹傷寒來了。過了兩天，被搬走了。傍晚，他的牀上，是從維迪普斯克到來的兩個軍事專門家，像紙牌的『夾克』一般躺着了。

芳妮是在辦公。從公署搬運羊肉，蜂蜜和便宜烟草。公署是活動，付給。連絡線伸長了。地圖上的小旗像索子似的蜿蜒了。札盧錫多靜對着地圖，發出沙聲，記錄了。

『二星期之後，前衞殆將接近防砦矣。委市街於礮擊則不可。應中斷鐵路——而亦惟有此耳。昨在郊外，又雖在中央，亦有奇技者出現。若輩有宛如磁器之眼，衣殮衣，以亞美利加式之彈鑛，躍於地上者高至二亞爾辛。且大呼曰——吾乃不被葬送者也——云。此卽豫兆耳。吾感之矣。吾感之矣。』

留巴伯母對於芳妮，將離家的事，希略也夫的事，都寬恕了。傍晚，留巴伯父讀了新訓令。留巴伯母長太息了。芳妮坐在鋼琴後面的自己的地方。窗戶外面，是十一月在逞威。雪片紛飛了。埋掉了過去，戀愛，情熱。留巴伯父這里，常有豎起衣領，戴着羊皮帽的人前來，在毫無火氣的廊下走來走去。在那地方竊竊商量。留巴伯母說——那個烟草商人又來了——有一天的夜裏，是芳妮已經睡在鋼琴後面，伯父和伯母都睡下了，黑的屋子全然睡着了的深夜裏，有人咚咚地叩門。留巴伯父跳了起來。聲音在門外說——請開門呀——留巴伯父手發抖了。有痣的善良的下巴，凜凜地跳了。旋了鎖。阻擋不住了。進來了。一下子，一湧而進。皮帽子和水手的飄帶，斑駁陸離。——將屋子翻了身。在伯母的貯藏品也下手了。將麥粉撒散了。敲着烟通聽。站上椅子去。——將文件，插着小旗的札盧錫多的地圖，札盧錫多，留巴伯父，對面的房裏的渥開摩夫，全都扣留，帶去了。小望德萊羅易公爵躲在衣橱裏，因爲害怕，死屍似的坐着。天亮之前，將全部都帶去了。在雪和風捲雪和風裏。

芳妮一早就跑到軍事委員那里去。軍事委員冷淡地聳聳肩胛，並不想幫忙。芳妮絕望，跑出來了。想探得一點緣由，但什麼也捉摸不到。她什麼地方也沒有去。是灰色的一天。從嘴裏呼出白的氣息來。灰色的一天之後，來的又是一樣的灰色的一天。——接連了莫名其妙的一星期。留巴伯母躺着。芳妮各處跑着，筋疲力盡了。又各處跑着。第三星期，札盧錫多被開釋了。因爲是酒胡塗，老頭子，沒有害處的。教他將退職軍官的肩章燒掉。札盧錫多從牢監經過街道，單穿着一隻銅跟的靴子走回來了。還有一隻是捉去的時候，在路上失掉了的。在路角站住。淋了冷水似的上氣不接下氣了。在墻上，釘着告捷的濕濕的報紙。在廣場上，有着可怕的全體鋼鐵的鑣子，圍繞着紅的小旗子，正在爬來爬去。將羣衆趕散了，是穿木靴，披外套，短身材的，坦波夫，薩瑪拉，威多地方的人們，白軍的鄉下佬。鄉下佬們跳躍，拍肚子，吹拳頭，滿足而去了。到露營地去，去勞動去。——最緊要者——是當機關鎗沈悶地發響時，不要一同來襲擊………

追趕了敵人。敵人逃走了。札盧錫多站在路角上，讀了濕濕的報章。有和音樂一同走過的人們。騎馬，持矛。教會沒有撞鐘。札盧錫多總算蹩到家了。上了五層樓，歇在窗臺下……走進房裏躺下了。望德萊羅易公爵爲他燒了兩天的火爐。給不至於凍壞。

留巴伯父是一連八天，坐在階沿碎得好像投球戲柱的屋子裏。也有被摔進來的，也有被帶出去的。從窗戶吹進風來。天一晚，就爬下黑黑的臭蟲。是在頂縫上等候（人們）睡覺的。這就爬下來了。第十三天，和別人一起，也教留巴伯父準備。坐在運貨摩托車上帶去了。是黑暗的夜。拿鎗的兵士站在兩旁。在牢監裏，留巴伯父和律動家而先前的軍官的渥開摩夫遇見了。握手，擁抱。並排住起來。在忘卻的模模糊糊的兩天之後，竟給與了三個煎菜和兩個煮透的雞蛋。——留巴伯父忘了先後，兩眼亂映，失聲哭起來了。將一個煎菜和雞蛋給了渥開摩夫，一起坐着喫。加上了許多鹽。爲回憶而悽慘。渥開摩夫是因爲隱匿軍官名義和幫助陰謀而獲罪的。前一條是不錯的——渥開摩夫自招。但於第二條，卻不承認。他說，音樂會裏，自然是到過一回的，但那款子，是用來彌補生活費了——案件拖延了。留巴伯父的罪名，是霸佔。——留巴伯父滿臉通紅，伸開臂膊。然而牢監裏面，也有烟草商人的。就是豎起衣領，時時來訪的那些人……

開審之際，訊問渥開摩夫——職業呢？——戲子——這以前呢？——是學生——沒有做過軍官麼？——也做過軍官。——反革命家麼？——是革命家，在盡力於革命底藝術的——判事厭倦地說了——知道的呀，在教紅軍的兵卒嗅麻藥的呵。朗吟麼？——不，是演劇這一面——水曜日的七點半，渥開摩夫被提，要移送到縣裏去了。渥開摩夫收拾了手頭的東西，告過別。說是到縣裏一開釋，就要首先來訪的……帶過廊下，許多工夫，從通路帶出去了。吹進風來，很寒冷。在窗外，有着暗淡的空庭。有着十一月。

關於渥開摩夫，第二天貼在牆上的濕濕的報紙上，載着這樣的記事——前軍官，反革命家，積極底幫助者，演劇戲子——這一天，太陽浮出來了，天空是藍的。從前線上，運到戰利品。廣場上呢，早有三輛車。又是高高地將紅的棺木運走了。死屍的鼻孔裏，塞着棉絮。札盧錫多在這一天是這樣地寫了。『聯絡線已伸長矣，後方被截斷矣。一切歸於滅亡矣。本營之遠隔，足以致命，乃明瞭之事也。一切將亡。一切將亡。魚油業經售罄，無處可購。風聞凡舊軍官，雖有年金者，亦入第四類，而算入後方勤務軍。卽使掃除兵舍，廁所及其他之意也……不給麵包已五日矣。不受辱而地圖被收者幸也……』——晚間，望德萊羅易公爵到他那里燒火爐去了。札盧錫多正在窗邊，站上椅子，要向架上取東西。望德萊羅易公爵向他說話了。他聽不見。他便碰一碰他的腿。不料脚竟懸了空。擺了。踏不到椅子了。望德萊羅易公爵發一聲尖叫，抱頭竄出了。

過了兩天，威嚴的，年青相的，有着竹節鼻和百合色指甲的札盧錫多是在教堂裏，由命令書，躺在官辦的棺中了。助祭念念有詞。教士燒起了香。香烟裊裊地薰在爐香上。沒有派軍隊來。這也是由命令書而沒有派來的。派定四號屋的用人拉小橇。於是就擱在柴橇上，拉去了。很容易拉。道路是滑滑地結着冰。拉得乏了，便坐在棺上吸烟草。札盧錫多聽着橇條的軋轢聲，年青相了，在棺蓋下返老還童了。

有魅力的，藍眼珠的梭耶•烏斯班斯卡耶，提着皮包跑到自己的跳舞學校的她——從貼在牆上的報紙上，看見了澀開摩夫的姓名——於是忽然打寒噤，咬嘴唇。雖然緣分不過是汲水的時候，並排了一回，和他一面劈柴，聽過一回他唱道『您的纖指，發香如白檀兮……』但在梭耶•烏斯班斯卡耶那里，是有着溫柔的，小鳥似的，易於神往的心的，即使在一切混亂和臭氣之中，也竭力在尋求着爲自己的小港。渥開摩夫之名，已經就是悲劇底的，被高揚了的滅亡。——梭耶便將他設想爲久經期待而永久睽離的人了。……梭耶已經用趾尖穩穩地走路。一面趕快走，一面用指頭按着嘴唇，而且決心要向一個人，去講述一切的眞實，其人爲誰，乃是住在官辦的旅館裏，坐着摩托車出入，然而彷彿地位一樣低微似的等候她，一直送到家裏的其人也。傍晚，梭耶到旅館去了。討了通行券，將證明書放在肩頭。走上紅階梯，敲了磨白玻璃的門戶。她不能不將心裏想着的事，通盤說出來——鋒利地，直截地滔滔地，——縱使因此負了怎樣的罪，也不要緊。然而房裏坐着兩個人，桌子上還有茶。那人似乎喫驚了，但也就臉上發亮，獻上茶來，說請喝呀。梭耶不喝。並且說，這來是有一點事情的。那人又說請喝茶呀。座中拘謹了。客人沈默了。梭耶從茶杯喝茶了。那人用了善良的，蘊蓄愛情的眼看她了。梭耶問了些不相干的事，喝乾了茶，要回去了。她自己悲傷到要下淚。她爲了茶和質問，憎惡自己了。然而他卻送她一直到廊下，從手套的洞裏，在她那暖熱的小小的手掌上接吻了。梭耶跨下一段階沿，忽然說——我並不是爲了這樣的事來的……什麼都討厭了，這樣地生活，是不能的，我已經不願意看見你，我是來說這些的。爲什麼渥開摩夫遭了鎗斃的呢？——覺得他和自己都可憐，眼淚流到面龐來了——那個渥開摩夫呀？——那人驚着問，——渥開摩夫呀，做戲子的……——渥開摩夫是什麼人呢，不知道呀——那人說——在過渡期，是要××的……革命是粗暴的呀——梭耶很想說，怎樣都好，革命倘在過渡期，這樣也好。但我是不願意再看你，也不要你再跟來跟去了。然而她什麼也沒有說，跑下去了。第二天的傍晚，他到學校裏來接她。她不開口。和他出來了。很想再說一回，不再和他到什麼地方去。——然而車夫已經開了門。來不及說了。她坐上車。溫暖了。黑的，軟軟的風，在三月裏散馥。星星的銀色的徽，已經浮了上來。摩托車開走了。街市的盡頭，在雪和空曠中吐氣。梭耶想，這是完了。弄到那麼樣，還是不成。她想，沒有報答可愛的，溫柔的，最爲敏感的那人的，最後的臨終的微笑。芳妮那里，忽然來了一個惠湼明勃魯尼，是賽希加，卽亞歷山大•希略也夫的朋友。戴着皮帽子，留着黑的短顎鬚。頰上有一直條的傷痕。芳妮領到鋼琴後面的自己的處所。勃魯尼說，他們的中央委員會，要給死掉的伙伴報讎。亞歷山大•希略也夫的名，登了英魂錄，再也不會消滅了。關於報讎的事，則對芳妮說，不久就會知道。於是義務已盡，去了。芳妮許多工夫，注視着貼在證明書上的被人亂弄了的照相。賽希加的面龐上，寫着號數，藍的。芳妮哭了。——其時勃魯尼也在奔波。傷痕發紫了。勃魯尼上了久經冷透了的屋子的六層樓。敲了門，而在外面傾聽。門開了。牙醫生的應接室裏，坐着壘文，格里戈爾克，波式開微支。舉事大約期在明天的十二點。一切都計畫好，準備好了。爲了給希略也夫報讎，爲了恐怖手段，爲了製藥室，爲了委員會的財政充足——都必須有錢。武力搶刼的事，早經考究好，調査好，周密地計畫好了。一個鐘頭之後，勃魯尼出去了。又是執拗地，傷疤發着紫，在街上走。第二天的兩點半，七個人坐着摩托車到了橫街的公署前。兩個把門，兩個到中庭，三個上樓上。算盤畢畢剝剝地在響。出納課員站在金櫃旁。女職員在喝湯。格里戈爾克走上前，用手鎗對着，叫擎起手來。勃魯尼和波式開徵支打了出納課員的頭。他跌倒了。動手將成束的鈔票拋進口袋去。出納課員忽然跳起，抱着頭，爬一般，電光形地（走着）要逃跑。格里戈爾克對脊梁開一鎗。出納課員撲地倒下了。交換手們發了尖利的叫喊。有誰跑向邊門了。一下子攻來了。——格里戈爾克解開帶子，跳了出去。一切都跳了，被撒散了。灰塵，玻璃，——他們跳下了階沿。從上面擲下法碼和算盤來。——摩托車已經動彈了。他們趕到，抓住，跳上了，——摩托車將他們載去了。突然從門裏面跳出人來，曲下一膝便擲——格里戈爾克坐着一回頭，銅元打中了他的面龐。流出血來了。追的緊跟着。馬夫打馬。勃魯尼伸着臂膊，不斷的開鎗。——彎進了積雪的橫街裏，——摩托車滑了。車輪蹣跚了，被烟包住了。馬匹追到，橇裏面外套（的人們）殺到了。勃魯尼跳了下來，提着口袋跑，闖過門，跳過短牆。後面跑着波式開微支，不料坐下了，躺倒了，——又是爆發，掉下——叱咤，玻璃………勃魯尼逃出了，回過頭去看。波式開微支想跟着他攀上牆——不意橫着掉下短牆去，倒在雪裏了。勃魯尼仍然走。鐵門關着。他走近門，想推開牠。然而門是從裏面支住的，走不過。他還在中庭跑了一轉，蹲在髒水窪的僻處了——天空很靑，沈悶，是釀雪天。勃魯尼還等候了一些時。從一角裏聽到蹄聲了。他將鎗口含在嘴裏，扳了發火機。

街上是孩子們奔跑，窺探。載在大橇上——七個穿短外套的羅馬諾夫皇帝黨員被運走了。大家疊起來躺着。兵卒拿着鎗口向下的鎗，跟着走。馬匹步調整齊地進行。勃魯尼躺着，臉伏在別人的肩上。

一切烟草商人，都有家族的。烟草商人是明於法律的人們，而且沒有破綻的。——留巴伯父卻相反，亂七八糟，第一回審問的時候，早就胡塗了。一切都於他不利。彼被提出去審問了九回。九回的陳述都不一樣。到第二個月，因爲要判決浮腫的，鬚髯蓬鬆，衰弱了的他，便經過市街，帶出去了。留巴伯父被夾在兩個兵卒間，坐在白的大廳的椅子上。對面，是軍事委員擺着架子，毫不知道他似的坐着。旁聽人裏面，也有已經釋放了的烟草商人。白白的，寡言的芳妮，和慈潑來微支●慈潑來夫斯卡耶小姐坐在一起。不多久，搖鈴了。挾皮包的檢事，立刻叫留巴伯父，稱爲寄食者，讀過他混亂的所有的陳述，又示了烟草商人的陳述——市民萊夫留復微支●萊珂夫者，是盜賊，是寄食者——檢事對於他，要求處以極刑。這之後，律師開口了。什麼都不否認，單單請求寬大。指出他的職務，還說到悔悟和老年。裁判官去了。商議了。芳妮用了烏黑的看不見的眼睛，看着前面。留巴伯父浮腫着——鐵青，動也不動地坐着，好像早已死掉了似的。煙草商人在廊下吸煙草。裁判長回來了。又搖鈴。大家又都歸座，肅靜了。在窗門外，有機器脚踏車停下了。裁判長宣告了。贊成了檢事的提議，判决了極刑。

慈潑來微支・慈潑來夫斯卡耶將芳妮載在街頭馬車上，帶了囘來。芳妮走上五樓，見了伯母。哭得倒在椅子上了。一到夜，就躺在鋼琴後面的自己的地方了。月亮的角，在窗的那邊晃耀。豎琴吟哦了。望德萊羅易公爵在兩人之旁守夜。挂下了穿着補釘襪子的細細的脚，在椅子上打起磕睡來。夜已深，深且盡了。豎琴昏暗，月亮下去了。快活的，年青相的留巴伯父走近枕邊來，微笑着，用冰冷的手指，撫摩了芳妮的面龐。

慈潑來微支・慈潑來夫斯卡耶還在教紐莎學本領。紐莎拿着捲起來的樂譜，站在鋼琴旁，鋼琴上面，挂着對於鋼琴呀，房子呀，物件呀的保管證。這是家宅搜查的結果，因爲是女流聲樂家，許可了這些的東西的。近來，紐莎上音樂會，即舞臺去了。已經登記了。有着保持皮衣呀，金剛鑽呀——聽衆的贈品的權利。紐莎的丈夫和保健部員一同搬了麥粉來。麥粉呢，在市場上，被爭先恐後的買去了。於是紐莎便買了海獺的外套，買了掛在客廳裏的A・伊瓦梭夫斯基所畫的細浪和挂帆的船。她到『星』社去出演了。和最好的優伶並駕，得了成功。在夜裏，他們一同在運貨摩托車裏搖擺了一通。不自由，寒冷，而且狹窄，但是幸福的。爲了藝術，將做戲子的苦痛熬過去了。在降誕節這一天，有夜會。和出場者一同，優伶們也被招請。肚餓的優伶們便高高興興，凍紅着鼻子跑來了。在食桌上，有鵝，酒，臟腑做餡的饅頭之類。優伶們快樂到忘形。時時嚷起來，很是騷擾。紐莎唱了。慈潑來微支・慈潑來夫斯卡耶伴奏。散會的時候，紐莎在大門口將兩片鵝肉用紙包着塞給慈潑來微支・慈潑來夫斯卡耶，當作演奏的謝禮。她生了氣，很想推回去，但將鵝肉收下了。夜間，小望德萊羅易公爵大嚼鵝肉。幸福地笑了起來。因爲喫飽，塞住了呼吸，咳嗽了。

雅各・勃蘭那里，後來黑雞也還進來了八回，在每晚上。現在，他已經認識這雞，也知道到來的時刻了。可惡的雞憤然的走來，啄他。——他總想將這雞絞死，滿身流汗。但因爲心臟跳得太劇烈，沒有辦妥，便失神了。在周圍呻吟，譏謗，徘徊——已被捉住，又囘了原樣。到第九天的夜裏，雞不來了。他這纔睡得很熟。心臟安靜，不跳了。到早晨，在太陽，白的窗，又黃又髒的公物的被單下，他看見了骨出崚嶒的自己的枯瘦的膝髁。他衰弱，焦黃，鬍子長長了。覺得肚子餓。白的蝨子遠退了。雅各•勃蘭留住了性命，又想愛，工作，生活起來。過了兩星期，焦黃的他，纔始帶了丁字杖，走出門外去。是溫和的天。灰色的積雪成着痲臉。在石路上，烏鴉以三月的叫喊在嗁。雅各•勃蘭帶了丁字杖行走。的心臟是衰弱，向衆人開放着的。然而一切人們，都急急忙忙地走過去了。第三十四號共同住宿所呢，一星期之後，便交還了他的旅行皮包。屋子的期限滿了的。那地方是軍事專門家之後，早住進了一位穿了男人用的長統靴子，跑來跑去的姑娘。雅各•勃蘭弄得連在那下面做事，寫字，思索的屋頂也沒有了。他雖然覺得喘不過氣來，但還蹩到曾說給他印詩的公署去。公署裏面依然是煙塵陡亂。女職員們大家在談天。——做書記的無產詩人，卻是新的。是黑黑的，亂頭髮的男人。亂翻紙匣，詢問姓名，拉開抽屜。究竟尋到了。詩是定爲發還的。雅各●勃蘭領了詩，戴上天鵝絨帽子。他沒有地方可以過夜。到傍晚，他接在免費食堂的長蛇的尾巴上，喝了浮着菜蕉小片的熱湯。夜裏尋住宿。街是暗的。在三月的暗中，風吹着商店和咖啡店的破玻璃在作響。雅各●勃蘭站在一所大房子的昏暗的昇降口，向階下的先前是門房的角落裏，鑽了進去。尋得一點乾草——背靠着牆酣睡了。

到天明，他很受了凍。兩脚伸不直了。於是拄了丁字杖，蹣跚着走。潮濕的，三月的，勞動的日子開頭了——雅各●勃蘭蹩到了芳妮的處所。芳妮穿了黑的喪服在大門口迎接他，但一時竟記不起他來。暫時之後，便拍手，引他到自己的角落裏，訴說悲哀……雅各●勃蘭在火爐旁邊暖和了。看看在小小的拉窗外面裊着的煙。並且說——這里也並無正義。在這里，也依然只有餓死，是做得到的。況且沒有一個認識的人，誰也不加憐憫。對於我，並無接濟，倒是給了一頂無邊帽。我是直到現在，沒有戴過什麼無邊帽子的。要怎麼活法纔好呢？——芳妮給他在廊下的箱子上鋪了一個牀，到復元爲止。雅各●勃蘭便躺在箱子上勉力復元，吟詠。他的臉發亮，眼鏡後面有大眼睛了。他決了心，要回到故鄉的市鎮去。在那里雖然並無正義，卻也沒有餓殍。一星期之後，一無所有地，只提了一空空的旅行皮包，他告了別，動身了。芳妮送給他煎菜的小片和麵包，在路上可以充飢。傍晚，和羣集一同，在叫喚，吶喊，射擊之中，他從車站攻向通路來。在路上失了丁字杖。黑的火車頂上，已經躺着許多人。梯子上也挂着。攻向破掉的車窗去。雅各●勃蘭挨了一推。他要跌倒了。抓住了誰的肩。打他的手了，然而死抓着——踏了誰的肩，爬進車子裏面了。車裏面是漆黑。他抓住在一個包裹上。——跌倒了——地板上躺着人們。在什麼地方的椅子底下的角落裏，佔了一個位置。將小行李枕在頭下，便攤掉了。不多久，火車頭哼起來，客車相觸，作響——列車走動了。脚從梯子上伸出着。車頂上面，是在作過夜的準備。死掉的都市，留在後面了。前面呢——道路，曠野，雪。在火車站上，在半夜裏，新的客湧進客車來。從上面打他們。後面有聲音。開起鎗來了。雅各•勃蘭閉了眼睛，躺着，正在回家，回故鄉。

雅各•勃蘭的故鄉的市鎮上，首先駐在的是白軍。後來，綠軍到了。此後是瑪盧沙•喬邦隊，戰線隊，亞德曼隊，最後將一切驅逐，粉碎，而紅軍開來了。非常委員會到來了。非常委員會卽刻着手於掃蕩。鎗斃了水兵和戰線隊的餘黨，鎗斃了瑪盧沙，鎗斃了公證人亞格里柯普羅。暴動停止了。嚇怕了的猶太人爬了出來，聚在角落裏商量，搖手。落葬了。算賬了。非常委員會佔領了廣場的汽水製造廠的房屋，在昇降口和大門口，站起哨兵來。騎馬兵在街上往來，查證票，押送被捕者。日本人，耶沙，坐在鋪皮的橇上，戴着皮的無邊帽，手鎗袋插在帶子上，來來往往。沒有多久，猶太人便又消聲匿迹了。商店依然是破玻璃。日曜的早晨，羣集將市場圍繞了。大家接連地購買了。鄉下人不再將麥粉和奶油和雞蛋運到市上來。狡猾起來，就在村子裏交易了。捉去了只一條褲，而穿着舊的溜冰鞋的人五個——審問之後，送到投機防止局去了。日曜日之夜，市鎮裏有家宅搜查。搜查銀錢，農產物，逃亡者。銀錢只發見了一點兒，但農產物很不少。逃亡者的一羣，被捉去了。天一亮，親近的人們就在門前成了長蛇陣。

市鎮上突有檄文出現。誰散的呢，無從知道。那上面是寫着這樣意思的事的。——諸君的一伙，在等候諸君。新政府保有麵包和法律和正義，保護農民，保護地主，和暴動戰鬬，和猶太底壓制戰鬬——總而言之，是說，保護大家的權利的。非常委員會便頒發戒嚴令，放哨兵，夜裏是派巡察。在雅各・勃蘭回到故鄉的市鎮的前天，陰謀敗露，幫助者被捕，市鎮是弄得天翻地覆了。

這之間，載着雅各・勃蘭的火車也在爬，停，等待鐵路的修好，於是仍復向前爬。車頭損壞了，在曠野裏等候送了新的來。夜裏，出軌了——有誰抽掉了枕木——又修理，走動了。——在客車裏，是蜷縮，說昏話，快要死了。到車站上，是搬了出去，放在堆貨的月臺上。到底，在早晨，火車竟到了故鄉的市鎮。雅各●勃蘭爬出來了。蹌踉着，忙亂了。飽吸了空氣。破了玻璃的車站；架在澄清的小川上的木橋；兩株蓬鬆的白楊；和處處挂着死了似的招牌的，開始融化的，髒的，濕的市街相通的道路，他都認識的。糧食店前，早晨一早就排着人列了。被挨擠，在寒顫。在廣場上，是整列着不眠的，穿着衣角濕透的外套的兵卒。從監獄裏，在帶出拿着鏈子的犯人來。家家的鎧門都關着。綠色的，紅色的，灰黑色的房子——木造——還在睡覺。商店街上，挂着紅色的招牌——第一號倉庫，第七號倉庫，第十二號倉庫——全是公有。街角上站着一個戴闊邊帽，有白鬚髮的猶太人。就是站着，惘惘地看望。他的嘴唇在發抖，喃喃地自語。

雅各●勃蘭走到了熟識的，藍色的，窗窗有花的老家，扣了許多工夫門。門終於由一個戴耳環的兵卒來開了。問什麼事。雅各●勃蘭想走進家裏去。然而兵卒大聲說，這房子已經充了公，事務所是十點鐘開始辦事。雅各●勃蘭看看門。於是看見了白的招牌，是——本部事務所。——一個鐘頭之後，他從拉薩黎大街的親戚那里，知道了父親是還在喬邦隊駐紮此地的時候，退往基雅夫，從此看不見人，也沒有信；他的房子充了公，物品也都充公了。雅各•勃蘭便暫且住在廚房裏。第二天，陰謀的清算人跑到時，他就被捕，交給了非常委員會。雅各●勃蘭坐在汽水製造廠的先前的傭人房裏了。又從這里拉出去了。替換是另外摔進一個新的來。早上，他被帶到裁判官那里去了。裁判官動着耳朵，嗅空氣，用一隻眼睛看。他問，你不是和喬邦隊一同逃走了的勃蘭的兒子麼？爲什麼跑來了，而且現在？爲什麼不來登記的？在你皮包裏的公家的帽子，是從那里得來的？雅各●勃蘭回答了。裁判官細着眼嘲笑，拿鉛筆來玩了。雅各●勃蘭說完的時候，他在一角上小小地寫下了。雅各●勃蘭被帶走了。他沒有入睡，過了一夜。消雪的水滴，橐橐地在滴下來。春天到了。三月的月亮在輝煌。他張了眼睛，躺着。風無所不吹拂。雅各•勃蘭想了。悲傷了。卻鎮靜。做了詩。豎琴在風中吟哦。吹響了絃索。雅各•勃蘭用手支着頤，想了一會，於是用了咬碎的鉛筆片，寫在壁上了——

靜的風，溶的雪，
有一個人來我前，
唱了歌兒了……

亞克與人性

E・左祝黎 作

一 告示貼了出來

房屋和街道都像平常一樣。天空照舊藍映映的，顯着牠那一世的單調。步道石板的面具也還是見得冷淡而且堅凝。忽然間，彷彿起了黑死病似的，這里的人們從那臉上將偌大的淚珠落在漿糊盆裏了。他們在貼告示。那上面所寫，是簡明，嚴厲，無可規避的。就是：

全體知照！

本市居民的生存資格，將由格外嚴辦委員會所設之三項委員會分區檢查。醫學的及心理學的查考，亦于同地一併舉行。凡認爲毋庸生存之居民，均有于二十四小時內畢命之義務。在此時期中，准許上告。其上告應具呈文，送至格外嚴辦委員會之幹部。至遲在三小時後卽可予以答覆。倘有毋庸生存之居民，而因意志薄弱或愛惜生命，不能自行畢命者，則由朋友，鄰人，或特別武裝隊執行格外嚴辦委員會之判決。

注意：

1●凡本市居民，應絕對服從格外嚴辦委員會之辦法與斷結。對于一切訊問，應有明確之答詞。其有認爲毋庸生存者，則各就其性格，製成調查錄。

2●所頒發之命令，必以不折不撓之堅決，徹底施行。凡有人中贅物，妨害正義與幸福之基礎上之人生改造者，均除去不貸。命令遍及于一切市民，無論男女貧富，決無例外。

3．在施行檢查生存資格期間，無論何人，均不准遷出市外。

二　激昂的第一淚

『你讀了麼？』

『你讀了麼?!』

『你讀了麼!!?　你讀了麼?!!』

『你見了麼!?　你聽到了麼!?』

『你讀了麼?!!』

這市裏到處聚集起人堆來。　交通梗塞了。　人們忽然脫了力，靠在牆壁上。　許多人哭起來了。暈過去的也不少。　到得晚上，這樣的人們就上了可驚的數目。

『你讀了麼？』

『可怕！嚇人！連聽也沒有聽到過！』

『但其實是我們自己選舉了這格外嚴辦委員的，是我們自己交給了他們一切全權的！』

『對，這是眞的。』

『錯的是我們自己的胡塗透頂。』

『這是眞的，我們自己錯。但我們是意在改良生活的呀。誰料得到那委員會竟這樣嚇人的簡單地來解決這問題呢？』

『由委員會裏的那一伙人！由那一伙人！』

『你怎會知道？名單已經發表了麽？』

『一個熟人告訴我的！亞克選上了會長！』

『什麽！亞克麽？這多麽運氣呵！』

『眞是。實在的！』

『多麽運氣呵！他的人格是乾淨的！』

『自然！　我們用不着擔心了：這將眞只是除去那人們裏的廢物！不正要沒有了！』

『你說下去呀，可貴的朋友，你怎麽想，人們肯給我生存麽？　我是一個好人！船要沉了的時候，二十個船客跳到舢板上去，我就是一個，你想必一定知道的。　舢板載不起這重量，大家都要沒命了。　必得五個人跳下水，來救那十五個。　我就在這五個裏。我自動的跳在海裏了。你不要這麽懷疑的看我呀。　我現在是老了，沒有力氣了，但那時却是年靑，勇敢的。　你那時沒有聽到這件事麽?所有的報上都登載過的。　別的四個都淹死了。只有我偶然得了救。　你看來怎麽樣，人們肯給我生存下去麽？』

『還有我呢，市民？　我？　我將我的一切東西都給了窮人。　這是一直先前的事了。　我有文件的證據。』

『我不知道。這都和格外嚴辦委員會的立場和目的是不相合的。』

『你讓我來告訴你罷，可敬的同鄉，單于自己的關係人有用處，是還不能保證這人的生存資格的。 倘使這樣，那就凡有看管小孩的傻鴉頭，也都有生存的權利了。 這事情過去了！ 你多麼落伍呵！』

『那麼，人類的價值，是在什麼地方呢？』

『人類的價值，是在什麼地方呢？』

『這我可不知道。』

『哦，你不知道！ 你旣然不知道，爲什麼向我們來講講義的？』

『對不起，我只說我所知道的罷了。』

『市民們！ 市民們！瞧呀！ 瞧！ 人們在這麼跑！ 暴動了！ 恐怖了！』

『阿呀，我的心呵！ 我的心呵！ 阿呀，上帝呵！ 救救罷！ 救救罷！』

『停下！ 站住！』

「不要擴大恐怖！」

「站住！」

三　大家逃走

人堆在街上逃過去。 紅顏的少年在奔跑，臉上顯着無限的駭怕。從商店官署出來的規矩的人員。穿着又白又挺的襯衣的新女婿。 男子合唱隊裏的脚色。 紳士。 說書人。 打彈子的。 看電影的晚客。 鑽謀家。 無賴漢。 白額捲髮的騙子。 愛訪朋友的閒人。 硬頸子。 鬥趣的，流氓，空想家，戀愛家，坐脚踏車者。闊肩的運動家，饒舌家，欺詐家，長髮的僞善家，疲乏的黑眼珠的無謂的憂鬱家，青春在這後面藏着冰冷的空漠。 脣吻豐肥而含笑的年青的吝嗇家，沒有目的的冒險家，吹牛家，與風作浪家，善心的倒運人(一)，伶俐的破落戶。

肥胖的，好喫懶做的女人們在奔跑。 瘦長的柳枝子，多話，懶散，風騷。獃子和聰明人的老婆，多嘴的，偸漢的，嫉妬的和鄙吝的，但現在都在臉上顯着惶急。因爲太閒空了，染染頭髮的傲慢的癡婆，以及可愛的堂客，還有那孤單，無靠，不識羞，乞憐的無所不可的娼婦，都爲了驚愕，將那一向寶愛下來的容姿之美失掉了。

瘦削的老翁，大肚子的胖子，彎腿的，高大的，漂亮的，廢人們在奔跑。經租帳房，當鋪掌櫃，監獄看守，洋貨商人，和氣的妓院老板，分開了褐色髮的馬夫，因爲欺瞞和卑鄙而肥胖了的家主，打扮漂亮的博徒，凸肚的蕩子。

他們成了擠緊的大羣，向前在奔跑。百來斤重的汗濕淋淋的衣服，帶住着他們的身體和手脚。從他們的嘴裏，吐出濃厚的熱氣來。詛咒和哀鳴，令人耳聾的響徹了寂靜的搬空了的房屋。

許多人帶着自己的東西在奔跑。用了彎曲的手指，拖着被褥，箱籠

註一：隱語，指偷兒。——譯者。

和匣子。抓起寶石，小孩，金子，叫喊着，旋轉着，兩手使着勁，又跑下去了。

但人們又將他們逼囘來了。像他們一類的人們，來打他們，迎面而來，用手杖，拳頭，石塊打，用嘴咬，發着極可怕的喊聲，于是這人堆就逃了囘來，拋下了死人和負傷者。

到傍晚，市鎮又恢復了平常的情形。人們抖抖的坐在自己的房中，鑽在自己的牀上。在狹小的，熱烈的腦殼裏，就像短短的尖細的火燄一樣，閃出絕望底的希望來。

四　辦法是簡單的

『你姓什麼？』

『蒲斯。』

『多大年紀？』

「三十九。」

「職業呢？」

「我是捲香烟的。」

「你要說眞話呵！」

「我是在說眞話呀。我忠實的做工，並且贍養我的家眷，已經十四年了。」

「你的家眷在那里？」

「在這里。這是我的老婆。還有這是我的兒子。」

「醫生，請你查一查蒲斯的家眷。」

「好。」

「怎樣？」

「市民蒲斯是貧血的。一般健康的狀態中等。他的太太有頭痛病和關節痛風。孩子是健康的。」

「好，你的事情完了，醫生。　市民蒲斯，你有什麼嗜好呢，你喜歡的是什麼？」

「我喜歡人們，尤其是生命。」

「簡單些，市民蒲斯，我們沒有閒工夫。」

「我喜歡……　是的，我喜歡什麼……　我喜歡我的兒子……他拉得一手好提琴……　我喜歡喫，但我的胃口是不大的……　我喜歡女人……　街上有漂亮的婦人或者姑娘走過的時候，我喜歡看看……我喜歡，在晚上，如果倦了，就睡覺……　我喜歡捲香烟……　一點鐘我要捲五百枝……　我喜歡的還多哩……　我說喜歡生命……」

「鎮定些罷，市民蒲斯，不要哭呀。　心理學家，你看怎樣呢？」

「這是膿包，朋友，這是廢料！　是可憐的存在！　氣質是一半粘液質，一半多血質，活動能力很有限。　最低等。　沒有改良的希望。　受動性百分之七十五。　他的夫人還要高。　孩子是一個蠢才，但是，也許……你的兒子幾歲了，市民蒲斯，你還是不要哭了罷！」

「十三歲。」

「你放心就是。你的兒子還可以活下去，延期五年。至于你呢………這是我管不到的。請你判决罷，朋友！」

「以格外嚴辦委員會之名：爲肅清多餘的人中廢物以及可有可無之存在物，有妨于進步者起見，我命令你，市民蒲斯，和你的妻，均于二十四小時之內畢命。 靜靜的！不要嚷！ 衞生員，你給這女人喫一點什麼鎮定劑罷！ 叫衞兵去！ 一個人是對付她不了的！」

五 灰色堂的調查錄

灰色堂在格外嚴辦委員會的大堂的走廊上。像一切廳堂一樣，有着平常的，結實的，嚴肅而質樸的外觀。 深和廣雖然都不過三碼，但却是一兩萬性命的墳墓。 這里標着兩行短短的文字：

贅物的目錄

性格調查錄

目錄分為好幾個部門，其中有：

『能感動，而不能判斷者。』

『小附和者。』

『受動者。』

『無主見者。』

以及其他種種。

性格狀做得很簡短而且客觀。其中有許多處所，用着諷刺的敍述，而且在末尾看見會長亞克的紅鉛筆的簽名，還批注道，凡贅物，人們是無須加以輕蔑的。

這里是幾種調查錄：

贅物第一四七四一號

健康中等。常去訪問那用不着他而且對他毫無興味的熟人。不聽忠告。盛年之際，曾誘引一個姑娘，又復將她撇掉。一生的大事件，是結婚後的置辦家用什物。頭腦昏庸而輭弱。工作能力全無。問他一生所見，什麼是最有趣的事情，他就大講巴黎的律芝大菜館。最下等的俗物。心臟弱。限二十四小時。

贅物第一四六二三號

箍桶爲業。等級中等。不愛作工。思想常偏于反抗精神最少的一面。體質健康。精神上患有極輕微的病症：怕死。怕自由。在休息日和休息時，酒喝得爛醉。在革命時期中，顯出精悍的活動：帶了紅帶，收買馬鈴薯以及能夠買到的東西，因爲恐怕挨餓。以無產階級出身自誇。對于革命，他並沒有積極底的參加：抱着恐怖。喜歡打架。毆打他的孩子。人生的調子：全都是無味的。限二十四小時。

贅物第一五二〇一號

通八種語言。說得令聽者打呵欠。喜歡那製造小衫釦和發火器的機器。很自負。自負是由于言語學的知識的。要別人尊敬他。多話。對于實生活，冷淡到像一匹公牛。怕乞丐。因爲膽小，在路上就很和藹。喜歡弄死蒼蠅和另外的昆蟲。覺得高興的時候很少。限二十四小時。

贅物第四三五六號

她如果覺得無聊，就帶了小厮出去逛　暗暗地喫着乳酪和羹裏的脂肪。看無聊小說。整天的躺在長椅子上。最高的夢：是一件黃袖子的，兩邊像鐘的衣服。一個有才能的發明家愛了她二十年。她不知道他是什麼，只當他電氣機器匠。給了他一個釘子，和製革廠員結婚了。無子。無端的鬧脾氣，哭起來。夜裏醒過來，燒起茶炊，喝茶，喫物事。限二十四小時。

六 辦公

一羣官僚派的專門家，聚在亞克和委員會的周圍了。醫生，心理學家，經驗家，文學家。他們都辦得出奇的神速。已經達到只要幾個專門家，在一小時以內，便將幾百好人送進別一世界去的時候了。灰色堂中，堆着成千的調查錄，而公式的威嚴和那作者的無限的自負，就在這裏面爭雄。

從早到夜，一直在這幹部的機關裏辦公事。區域委員來來往往。執行判决的科員來來往往。像在大報館的編輯室裏似的，一打一打的人們，坐在桌前，用了飛速的，堅定的，無意識的指頭在揮寫。

亞克將他的細細的，凝視的眼睛，一瞥這一切，便用那惟有他們自己懂得的思想，想了起來，于是他的背脊就駝下去，他的亂蓬蓬的硬頭皮也日見其花白了。

有一點東西，生長在他和官員們的中間，有一點東西，介在他的緊張的無休息的思想，和執行員們的盲目的無意識的手腕中間了。

七　亞克的疑惑

有一天，格外嚴辦委員會的委員們跑到幹部的機關來，爲的是請亞克去作例行的演講。

亞克沒有坐在平日的位置上。　大家搜尋他，但是尋不到。　大家派使者，打電話，但是尋不到。

過了兩小時之後，這纔在灰色堂裏發見了他了。

亞克坐在堂裏的被殺了的人們的紙墳上，用了不平常的緊張，獨自一個人在沈思。

『你在這里幹什麼？』大家問亞克說。

『你看，我在想。』他疲倦地答道。

『但爲什麼要在這小堂裏？』

『這正是適宜的地方。我在想人類，要想人類，最好是去想那消滅人類的記載。只要坐在消滅人類的文件上，就會知道極其古怪的人生。』

一個人微微的乾笑起來。

『你，你不要笑罷，』亞克誥誡地說，揮着一件調查錄，『你不要笑罷！格外嚴辦委員會好像是見了轉機了。被消滅了的人們的研究，引我去尋進步的新路。你們都學會了簡單而刻毒地來證明這個人或者那個人的用不着生存的各種法。就是你們裏面的最沒才幹的；也能用幾個公式，說明一下，加以解決了。我可是坐在這里，在想想我們的路究竟對不對。』

亞克又復沈思起來，于是凄苦的歎一口氣，輕輕的說道：

『怎麼辦纔好呢？出路在那里呢？只要研究了活着的人們，就可以得到這結論，是他們的四分之三都應該掃蕩的，但如果研究起被消滅的那些來，那就想不懂：他們竟不可愛，不可憐的麼？到這里，我的對于人類問題是跑進了絕路，這就是人類歷史的悲劇的收場。』

亞克憂苦地沈默了，並且鑽進調查錄的山裏去，發着抖只是讀那尖刻的，枯燥的文辭。

委員會的委員們走散了。沒有一個人反對。第一，因爲反對亞克，是枉然的。第二，是因爲沒有人敢反對。但大家都覺得，有一種新的決心是在成熟起來了，而且誰也不滿意：事情是這麼順當，又明白，又定規，但現在却要出什麼別的花樣了。然而，那是什麼呢？

八 轉機

亞克跑掉了。

大家到處搜尋他。但是尋不到。有人說，亞克是坐在市鎮後面的一顆樹上哭。也有人說，亞克是在那自己的園裏用手腳爬着走，而且在喫泥。

格外嚴辦委員會的辦公停止了。　自從亞克不見了以後，事情總有些不順手。　居民在門口設起鐵柵來，簡直不放調查委員進裏面去。　有些區域，人們對于委員的來查生存資格，是報之以一笑，而且還有這樣的事故，廢物反而捉住了格外嚴辦委員會的委員，檢查他生存的資格，寫下那藏在灰色堂裏一類的調查錄，當作尋開心。

市鎮就混亂了起來。還未肅清的贅物，廢料，居然在市街上出現，彼此訪問，享用，行樂，甚至于竟有結婚的了。

人們在街上互相招呼；

『完了！　完了！　哈哈！』

『調查生存資格的事結束了！』

『你覺得麼，市民，生活又要有趣起來了？　贅物少了。　做人也要舒服些了。』

『識羞些罷，市民！ 你以爲失掉了生命的人，是沒有生存的資格的麼？ 哼！ 我知道着沒有生存資格的人，而且還是不配生存到一點鐘的人，然而他活着，並且還要活下去哩！ 別一面，却完結了多少可敬的人物呵！ 哼，你，要知道！』

『那是算不了什麼的。 錯誤原是免不掉的事。 但你說，你可知道亞克在那里麼？』

『我不知道。』

『亞克坐市後面的樹上哭哩。』

『亞克在用手脚爬，還喫着泥哩。』

『難道他得哭的！』

『難道他得喫泥的！』

『你們高興得太早了，市民！ 太早了！ 今天夜裏亞克就會回來，那格外嚴辦委員會就又開始辦他的公了。』

『你怎麼知道？』

『我知道。剩下的贅物還多得很。還應該肅清！肅清！肅清！』

『你眞嚴呀，市民！』

『那里的話！』

『市民！市民！瞧罷！瞧！』

『人在貼新的告示了！』

『市民！恭喜得很！運氣得很！』

『市民！讀起來！』

『讀起來！』

『讀起來！讀起來！』

九　告示貼了出來

沿街飛跑着氣喘吁吁的人們，帶了滿裝漿糊的盆子。在歡笑的騰沸聲中，打開大張的玫瑰色告示來，絢爛的貼在人家的牆壁上面了。 那內容是平易，明白而簡單的；

全體知照！

自貼出布告的瞬間起，即允許本市全體居民生存。 要生存，繁殖，布滿地上！ 格外嚴辦委員會已放棄其嚴峻的權利，改名爲格外優待委員會。市民們，你們都是優秀的分子，各有其生存資格，是無須說得的。

格外優待委員會亦由特別的三項委員會所組成，職司每日訪問居民各家的住宅。 他們應向居民恭賀生存的事件，幷將觀察所得，載入特設之『快樂調查錄』。 委員會人員，又有向居民詢問生活如何之權利。 務希居民從其所請，雖然費神，亦給以詳細之答覆。 此種『快樂調查錄』將寶藏于『玫瑰色堂』內，以昭示後人。

十 生活歸于平淡

門戶，窗子，露臺，都開開了。 響起了人聲，笑聲，歌聲，音樂。肥胖的，沒用的姑娘彈着鋼琴。 從早上直到半夜，留聲機鬧得不歇。又玩起提琴，銅簫和琵琶來。 到晚上，人們就脫掉了他的上衣，坐在露臺上，伸開兩腿，舒服得打飽噯。 街上熱鬧到像山崩。 青年帶着他的新娘，坐在機器脚踏車或街頭馬車上。 誰也不怕到街上去了。 點心店和糖果鋪，糕餅和刨冰的生意非常好。 金屬器具店裏，鏡子是極大的銷場。 有些人還買不到照照自己的鏡子。 肖像畫家和照相師，都出沒在主顧的雜沓之中了。 肖像就配了好看的框子，裝飾着自己的屋子。

專顧自己的感情和對于自己的愛，增加起來了。 衝突和紛爭，成了平常的事情。 和這一同談話裏面也出現了這樣的一定的說法；

『你是錯活的，大家知道，格外嚴辦委員會太不認眞了！』

『實在是太不認眞，因爲這樣的東西，像你似的，竟還活着哩！』

然而這口角也都不知不覺地消失在每天的生活的奔流裏了。人們將自己的食桌擺得更加講究，蓄藏水果，温暖的絨線衫的需要也驟然增加起來，因爲人們都很擔心了自己的康健。

格外優待委員會的委員們很有規則地挨戶造訪，向居民詢問他們過活的光景。

許多人囘答說，他們是過得好的，還竭力要使人相信他的話。

『你瞧，』他們滿足地搓着手，說，『昨天我秤了一下，重了八磅，謝謝上帝。』

有些人却訴說着不方便，並且對于格外優待委員會的成績的太少，鳴了些不平。

『你可知道，昨天我去坐電車，你想想看，竟連一個空位也没有……這樣的亂糟糟……我只好和我的女人都站着。剩着的餐物還是太多了。應該揀了時機，肅清一下的，……」

別一個憤激起來，說：

『請你寫下來，上星期的星期三，連到星期四，都不來祝賀我的生存了。眞不要臉，……倒是我得去祝賀你麼?!……」

十一 尾聲

亞克的辦公室中，仍像先前一樣的在工作。人們坐在這地方，寫着字。玫瑰色堂中，塞滿了『快樂調查錄』。上面是詳細而且謹愼地記載着生日，婚禮，洗禮，午餐和晚餐，戀愛故事，冒險，等。許多調查錄，看起來簡直好像小說或傳奇。居民向格外優待委員會要求，將這些印成書冊。恐怕再沒有別的，會比這更有人看的了。

亞克沈默着。

只是他的脊梁更加駝下去，他的頭髮更加白起來了。

他常常到玫瑰色堂去，坐在那裏面，恰如他先前坐在灰色堂裏一樣。

有一回，亞克從玫瑰色堂裏跳出來了，大叫道：

『應該殺掉！ 殺！ 殺！ 殺！』

但當他看見他的屬員們的雪白的，忙碌地在紙張上移過去的手指，現在熱心地記載着活的居民，恰如先前的記載死的居民一樣的手指的時候，——他就只一揮手，奔出辦公室，不見了。

永遠不見了。

關于他的失踪，生出了許多的傳說，流佈了各種的風聞，然而亞克却尋不到。

住在這市鎮上的這麼多的人們，亞克先行殺戮，繼而寬容，後來又想殺戮的人們，其中雖然確有好的，然而也有許多廢物的人們，就是彷彿從來沒有過一個亞克，而且誰也從來沒有提起過關于生存資格的大問題似的生活下來，到了現在的。

星花

B・拉甫列涅夫 作

當大齊山雙峯上的晨天，發出藍玉一般的曙色的時候，當淡玫瑰色的晨曦，在藍玉般的天上浮動的時候，齊山就成了黑藍色的分明的，巍峨的兀立在天鵝絨般的靜寂的深谷上。

陣陣的冰冷的寒風，在花園的滯着灰色蓓蕾的瘦枝上，在牆頭上的帶着灰塵的荒草上，在濺濺的冰冷的紅石河床的齊山上吹着。

龍吟虎嘯的寒風，捋過那一搖三擺的木橋，掊擊到茶社的低矮的院牆上。

白楊也抖擻着，欄干上搭的花地氈的穗子，也被吹了起來，帶着黑綠鬍鬚的茶社主人石馬梅，睜開了喫辣椒喫成了的爛眼。

將帶着皺皮長着毛的胸前的破袍子緊緊的掩了掩。由袍子的破綻裏露着爛棉絮。

用鐵火箸子把爐子裏將熄的炭火撥了撥。

黎明前的寒風，分外的刺骨而惡意了。阿拉郝(一)送來這一陣的寒風，使那些老骨頭們覺得那在齊山雙峯上居住的死神將近了。

但阿拉郝總是慈悲的，當他還沒有要出那冰寒的嚴威的時候，山脊上的白雪，已經閃出了一片光豔奪目的光輝，山脊上已經燃起了一輪莊嚴的血日。

雄鷄高鳴着，薄霧在深谷的清泉上浮動着。

已經是殘冬臘盡的時候了。

石馬梅面朝太陽，坐在小地氈上深深的拜着，乾瘦的白唇微動着，念着經。

「梅吉喀！」

「幹嗎？」

「把馬鞍子披上！　弄草料去！」

「馬上就去！」

梅吉喀打着呵欠，由一間小屋裏出來。戴着壓平了的軍帽，灰色的捲髮，由軍帽下露出來，到得那晒得漆黑的臉上。

他的眼睛閃着德尼浦江上春潮一般的光輝，他的嘴唇是豐滿的，外套緊緊的繃在他那健壯的花剛石般的脊背上，把外套後邊的衣縫都掙開來。

梅吉喀瞇縫着眼睛去到拴馬場裏喫得飽騰騰的馬跟前。

他現在二十三歲，是白寺附近的人，都叫他戴梅陀•李德文。

在家的時候，老媽子們都這樣稱呼他，有時稱梅陀羅，在晚會上的時

註一：阿拉郝（Allah）爲亞拉伯人稱上帝之名號——譯者。

候，一般姑娘們也都是這樣稱呼他。

兩年來他已經把梅陀羅這名字忘掉了，現在都叫他的官名：騎兵九團二連紅軍士兵李德文。

現在環繞他的，不是故鄉的曠野，不是遍地芳草的故鄉的沃壤，而是終年積雪的石山，順石河床奔流的山水，和默然不語，居心莫測，操着異樣語言的人民。

帖木兒故國的山河，亞細亞的中心，四通八達的通衢，從亞力山大的鐵軍到史可伯列夫的亞普舍倫半島的健兒，古今來不知多少英雄的枯骨，都掩埋在這熱灼的黑沙漠裏。

但是戴梅陀不想這些。

他的事情很簡單。

馬，鎗，操練和有時在山上剿匪時剽悍英勇的小戰

戴梅陀拔了兩匹馬，捆着捆肚，很和愛的馬肚子上拍着。

『呵——呵，別淘氣！……好好站着！……別動！……走的時候你再跑。』

馬統統披好了。戴梅陀騎了一匹，另一匹馬上騎着一位笨鼈似的郭萬秋。

馬就地卽飛馳起來，黃白的灰球，隨着馬蹄在鎭裏街上飛揚着。

市場裏雜貨的顏色，一直映入到眼簾裏。 今天禮拜四，是逢集的日子，四鄉來趕集的人非常的多。

雅得仁的集鎭是很大的。從人叢中擠着非常的難。

兩匹馬到這裏慢慢的走着，那五光十色的貨物，把戴梅陀的眼睛都映花了。

這家鋪子裏擺着地氈，綢緞，刺繡，銅器，金器，銀器，錦繡燦爛的酒白帽(一)和柳條布的花長衫。

鋪子裏邊的深處，是半明半暗的。 陽光好似箭頭一般，由屋頂的縫隙裏射進來，落到那貴重的毛氈上，家中自染的毛織物，在那半明半暗的光線裏，也映着鮮血一般的紅斑。

門限上蹲着一位穿着繡花撒鞋，頭上裹着比羽毛還輕的印度綢的白頭巾，長着黑鬍子的人。

刮了臉的腫脹的雙頰上發着黑青色。眼睛半睜半閉着，安靜恬淡中含着一種不可言狀的神氣。這樣的眼睛，戴梅陀無論在奧利尙，無論在白寺，無論在法司都，無論在畿輔，就是在那繁華的莫斯科也沒有看見過的。

望着這樣的眼睛好像望着魔淵似的，眞眞有點可怕而感到不快，戴梅陀到這裏已經兩年了，但是無論如何總是看不慣。

就是死人的眼裏，也表現着這種令俄國人不能明白的祕密。

有一次戴梅陀看見了一個巴斯馬其(二)的頭目。

他是在山中的羊腸鳥道上被紅軍的子彈打倒的。他躺在路旁胡桃樹下的草地上，頭枕着手，袍子在隆起的胸前敞開着，白牙咬着下嘴唇，睜得牛大的眼睛瞪着面前的胡桃樹根。

在他那已經幪上一層濁膜的黑睛珠上，也是帶着那樣安靜的，無所不曉的勝利的祕密。

戴梅陀無論如何是不能明白這個的。

集上收攤了。

窄小的街道，蛇一般的在很高的圍牆間蜿蜒着。

誰知道是誰把牠們這樣修的呢，但是到處都是如此的，由小村鎮起，一直到汗京義斯克●馬拉坎德，好像蛇一般的到處都蜿蜒着小街道，有的

註一：酒白帽原名『酒白潔耶克』，形恰似中國之便帽，小而淺，頂無結，滿繡以黃白或彩色金線——譯者。

註二：巴斯馬其即土匪之意——譯者。

向下蜿蜒着，橫斷在水渠裏，有的蠕行到山頂上，有的橫斷在牆跟前，深入到圍牆裏，有的穿過了弓形的牌樓，自己也不知道蜿蜒到什麼地方去。

土圍牆好似獄牆似的永遠的死寂，空虛，無生氣。

街上沒有窗子，沒有房子，只有帶着彫刻和打木蟲蝕成花紋的深入到圍牆內的木門。

他們不愛外人的眼睛。

外人的眼睛都是邪惡的眼睛，堅厚的土圍牆，隔絕了外人的眼睛，保護着這三千年的安樂窩。

戴梅陀與郭萬秋懶洋洋的騎着馬在街上走。

戴梅陀捲着煙草，吸着，噴着藍煙。

『哦，他媽的，這些鬼地方！』

『什麼？』郭萬秋問道。

『什麼？到此地兩年了，好像鑽在墓坑裏一樣。 所見的只有灰塵和圍牆！多麼熱的……而人民……』

戴梅陀默然不語，向前望着。

一個四不像的灰藍色的東西，帶着四方形的黑頂，在春光裏由圍牆的轉角處冒出來浮到路上。

望見了騎馬的人，就緊緊的貼在牆上了。

當紅軍士兵走跟前經過的時候，牠完全貼到牆上去了，只有身子在隔着衣服抖顫着，只有那睜大的，不動一動的眼裏的黑睛珠，隔着琴白特(一)的黑網迸着驚懼的火星。

戴梅陀惡恨恨的唾了一口。

『瞧見了嗎？……你看這像人形嗎？ 可以說，我們家裏的女人雖說不像人，但總還是女人。』戴梅陀不能夠再明瞭的表現自己的意思，但郭萬秋同情的點着頭。 『可是這是什麼呢？木頭柱子不是木頭柱子，布

註一：琴白特是用頭髮製的面網——著者。

袋不像布袋，臉上好像監獄的鐵絲網一樣罩着，不叫人看見，你要同她説一句話，就會把她駭的屁滾屎流，立刻她的鬼男人就要拿刀子來戳你，你要跑的慢一步，你的腸子都會叫他挖了出來的。』

『不開通，』郭萬秋懶洋洋的説：『他們識字的人太少，識字的人，也不過只會寫個祈禱文。』

街盡了，已經發青了的兩行楊柳中間的道路也寬曠了。巍峨大齊山上的積雪，隔着這路旁的楊柳，閃着藤色，藍色，淡紅色的光輝。

路旁水渠的水濺濺的流着。

春日的小鳥，在楊柳枝上宛轉的歌唱着。

在路的轉角處，有一個草場，那裏堆着去年的苜蓿。都下了馬，把馬拴到路旁的木椿上，就去弄乾草去了。

這裏的巨紳就是亞布杜•甘默。

雅得仁鎮上最大最富的商鋪，就是亞布杜•甘默的商鋪，就是戴梅陀和郭萬秋由跟前經過的時候，屋子裏邊的深處，由箭頭一般的射進去的陽光，地氈上映着鮮血似的紅斑的鋪子。

甘默是一個巨紳，而且是一個聖地參拜者。青年的時候，同其餘的參拜者結隊去參拜聖地麥加。

從那時起，頭上就裹着頭巾，作自己尊嚴的標誌。

當他回到故鄉雅得仁那天的時候，這青年參拜者的父親，請了些鄉里極負勝望的人物，去赴他那豪奢的宴會。

波羅飯在鍋裏烹調的響着，放着琥珀一般的蒸氣。盤子裏滿裝着食品。

發着綠黃寶石色的布哈爾無核的葡萄乾，加塔古甘和加爾孫的蜜園，微酸的紅玉色的石榴子，希臘的胡桃，葡萄的，胡桃的，白的，黃的，玫瑰色的蜜，透亮的香瓜，砂糖浸了的西瓜，冰糖，用彩色紙包着的莫斯科的果子糖，盤內的茵沙爾得(一) 汎着濃厚的雪白的油沫。

甘默整齊嚴肅的坐到父親的右旁的上座上，還天他親自來款待賓客，席上每個賓客敬他的飲食他都喫了喝了。

他傲然的，慢慢的在席間敍述着他的遊歷，敍述着那用土耳其玉鑲飾的教堂的圓頂，和用黃金鋪着街道的城市，敍述着葉芙拉特谷的玫瑰園，在那裏的樹枝上歌着的帶着青玉色尾巴的金剛鳥，在山洞裏住着的有長着翅膀的美麗的仙女。

敍述着死的曠野，在那裏阿拉郝的憤火散了整千整萬的異教者，到了夜裏的時候，土狠把死人的死屍抓出來到地獄去，而狗頭鐵身的野人襲擊着來往的旅隊。

來賓都大喫大嚼着波羅飯，拌着嘴，都爭先恐後的角逐着那甘美的一臠，相是都很注意的聽着，點着頭，驚異的插着嘴。

「難道嗎？……阿拉郝萬能呵！」

不久甘默的父親就歸天了，他就成了雅得仁附近最肥美的土地和雅得仁鎮上最富的一家商鋪的所有者。

他的生活質朴而且正經。 不把父親的遺產虛擲到喫喝嫖賭上，他把錢統統積蓄着。

甘默已經討了兩個老婆了，生得微黑的，肉桂色的小獸，結實得好似胡桃一般，這熱烘烘的夜間的果子，正合『可蘭經』上所說的『最強壯的種子，落到了未曾開發的處女地裏。』

甘默的心與手，在雅得仁鎮上是鐵硬的，數百佃農和傭工，都在他那產米和棉花最豐饒的田地裏耕種着，都在他那滿枝上的果實結的壓得樹枝都着了地的果園裏作着工。

當藍眼睛的俄國人在城裏起了革命，把沙皇推倒的時候，後來，秋天在砲火連天中，窮光蛋奪取了政權向富而有力的人們宣戰的時候，佃農和

註一：茵沙爾得是由松鼠和糖製成之一種特別美食——譯者。

傭工們都由甘默的田地裏跑了，可怕的穿着皮短衣的，只承認自己腰裏掛着的手鎗匣中的東西爲正義的人們，把甘默的田地奪去的時候，——他就默然的隱忍着一切的不幸。

他剩下的只有花園與商鋪。同這點家產過着也綽有餘裕的。

人生是由阿拉郝支配的，如果阿拉郝要奪取了他的田地——這是命該如此的。甘默不信窮光蛋們的統治能長久的。

他不斷的同老慕拉(一)在自己鋪子裏閑坐，有一天老慕拉給他說了一個很聰明的故事。

『一個糊塗的耗子，住在帖木兒的京城裏，這耗子貓已經居心想喫牠了。耗子雖然糊塗，但很敏捷而詭詐。 貓子於是就反復的思索着怎麼才能喫了牠。有一天耗子在倉庫裏把頭由洞裏往外一伸，就望見貓子坐在糧食口袋上，穿着錦繡的袍子，頭上裹着頭巾。耗子就奇怪起來。

「呵呀！」耗子說：「我敬愛的貓子，我賢慧的親姪女，告訴我吧，你穿這一身是什麼意思呢？」貓子把鬍子聳了聳，把眼睛向天上望着。

「我現在成了齋公了，」貓子說；「馬上就到寺裏去念經呢。我已經是不能再喫肉了，你可以告訴一切的耗子去，說我從今以後再不遭牠們了。」

「糊塗的耗子高興瘋了，就到倉裏跳起舞來大叫着：「萬歲！萬歲！自由萬歲！」跳着躍到貓跟前。一轉瞬間——耗子的骨頭在貓嘴裏嚼的亂響着。

『我說——正道人會悟開的。』

甘默悟開了。

當穿皮短衣的人們由城市來到此地，招集些羣衆在集市的曠場上開露天大會的時候，那激烈的鋒利的關於鬥爭，報復，和未來的幸福的言辭，激動着空氣的時候，甘默坐在鋪子裏，目不轉睛的望着演說者和羣衆，臉

註一：摹拉是清眞寺之教師——譯者。

上掛着若隱若現的微笑。

『轉瞬間……正道人會悟開的……』

山那邊就是阿富汗的君主，英國人和其餘的君主幫助他一些大砲，槍支，軍官，勇敢的駙馬安畏爾在布哈爾山上招集義軍。

耗子跳着，耗子呼着：『自由萬歲！』

轉瞬間——耗子沒有了。

甘默心平氣靜，只由那不幸的經歷，額上摺起了幾道皺紋，從此他就和家中人以多言爲戒。

肅然的由集上囘來，同自己的妻們不說多餘的話，在家裏當聽見女人或孩子們有一點聲音的時候，就把眉頭一皺。

立時一切都寂然了。當囘答妻們問安的時候，甘默老是一句話：

『少說話！……女人的舌頭就是路上的鐘，無論什麽風都會把牠刮響的……』

甘默去年討了第三個老婆。頭兩個都討厭了；都長老了，臉上有皺紋了，腰也彎得好像彎腰樹一般。

鄰居賈利慕的女兒美麗亞長大了。

當她做小姑娘在集上跑的時候，甘默就看見她那童女的面孔上兩隻圓圓的眼睛和彎彎的眉毛；石榴一般的嘴唇和玫瑰色的雙頰，

去年春天美麗亞已經到了成熟期了，黑色的面幕已經罩到她臉上。

這麼一來，她卽刻就成了神祕的他的意中人了。

甘默打發了媒人。窮而倒霉的賈利慕因為同雅得仁鎮上最富的巨紳做親，幾乎喜歡得瘋起來。趕快的商定了聘金，美麗亞就到甘默家裏了。

那時甘默三十六歲，她十三歲。

夜裏主人而兼丈夫的甘默，來到那戰兢恐懼的妻跟前。

美麗亞長久的哭着，前兩妻溫存的安慰着她，坐到她旁邊撫摩着她那被牙齒咬得青紫的肩膀？

她們不知道嫉妬，在這個國裏就沒有嫉妬，眼淚在她們那褶成皺紋的雙頰上滾着也許她們是囘想起當年她們初來到甘默家裏做妻的時候，夜裏所受的這樣的楚痛。

她們從前也是這樣的痛哭着，就這樣的被征服了。

但是沒有把美麗亞征服下去。

雖然甘默每夜都來，每夜美麗亞的火熱的身子都燃燒着——但她總是堅決的狂憤的憎恨着甘默。

但甘默除了她的可以用鐵指擰，可以摸，可以揉，可以咬，可以抱，可以壓到自己的身子底下發洩性慾的她的肉身子以外，什麼也不要的。

正午的時候，戴梅陀由營房出來到街上去。

『上那去？』站在大門口的班長問他道。

『到街上去的。買葡萄乾和蜜餞胡桃去。』

『難道你發了財嗎？』

『昨天由塔城寄來一點錢。』

『怎麼呢，請客吧？』

『你說怎麼，班長同志。請喝茶吧。』

『呵，去呵』

戴梅陀口中嘯着到街上去了，走過去皮靴將路上的灰塵都帶了起來。走過了集上的曠場，就轉向甘默的鋪子去。除了蜜餞胡桃和葡萄乾，他還想買一頂繡着金花的酒白帽，這帽子他久已看好了的。

『當兵當滿的時候，回到奧利尙戴着這帽子叫姑娘們瞧一瞧，眞不亞於神父們戴的腦頂帽。』戴梅陀想着。

甘默好像平日一樣，坐在鋪子裏吸着煙。

戴梅陀走到跟前。

『好吧，掌櫃的。怎麼樣？』

甘默慢騰騰的噴了一口煙。

『你好吧，老總。』

『你瞧，我想買一頂酒白帽。』

『你想打扮漂亮些嗎？想討老婆的嗎？』

『掌櫃的，那裏的話。在此地那能找來女人呢？難道去同老綿羊結婚嗎？』

『呵呀！這樣漂亮的老總，無論那一個美人都會跟你的。』

『好吧：……你給我說合吧，現在拿帽子來瞧一瞧。』

『你想要那樣的？』

『要最好最漂亮的。』

甘默由背後什麼地方取出一頂繡着金綫，綠綫，橘色綫等的布哈爾花緞的酒白帽，金綫閃出的光輝，把戴梅陀的眼睛都映花了。

『頂呱呱的，』甘默說着，幾乎笑了出來。

戴梅陀把酒白帽嵌到頭上，由衣兜裏掏出一個破鏡片照着。 得意而驕傲的微笑着。

『眞漂亮！活像一個土匪頭！』

甘默點着頭。

『唔，掌櫃的，你說吧，多少錢？說老實價。』

『兩萬五千盧布，』甘默囘答着，撚着鬍子。

『你說那的話？……兩萬五。 一萬盧布，再多了不出。』

甘默把手一伸，由戴梅陀頭上把酒白帽取過來，默然的放到背後的貨架上。

『你老實說要多少錢？你這鬼傢伙。』戴梅陀氣起來。

「我已經說過了。」

「你說了嗎！……你說那算瞎扯！——給你一萬三，別再想多要。」

「一萬三？你還的太少了。亞布杜・甘默有老婆，要喫飯呢……」

「喫，誰都要喫呢，」戴梅陀帶着教訓的口氣：「你想要多少錢，一下子說出來。」

「老總，兩萬三賣給你。」

「去你的吧！……你自已也不值那兩萬三！」

戴梅陀扭過身子，出了鋪子走了。

「老總！……老總！……兩萬！……」

「一萬五！ 多一個大也不出……」

「兩萬！」

「一萬五！」

太陽蒸晒着。 戴梅陀扭囘頭走了五次，每次甘默都把他喊囘來。最後戴梅陀出了一萬七把酒白帽買到手裏了。

他把頭上的英雄帽褶起來，裝到兜裏，把酒白帽嵌在後腦上。

『你爲什麼這樣戴？………我們人不這樣戴呢。 往前戴一戴吧。』

『得了，這樣也不錯。 再見吧，掌櫃的。』

戴梅陀去買葡萄乾去了。

甘默的視綫在後邊送着他，心裏默想着。

花園和葡萄園到忙的時候了。 甘默一個人幹不過來，老婆們無力，孩子們太小。

正需用着一兩個有力的做活人。

可是，要是你雇兩個工人的話，卽刻就是叫你上稅，工會和縣蘇維埃也連二趕三的給你弄得不快活。 這位老總是少壯有力的人。你瞧他的脊背！

戴梅陀彎下腰買蜜餞胡桃，甘默滿心滿意的望着他那個把衣服都掙得無褶的脊背。

請他園子裏去做活，給他說果子熟的時候請他來喫果子。俄國的老總們都挨餓的，只是喝稀飯，將來請他喫水果，他一定會來園裏做活的。

戴梅陀買了好喫的東西，付了錢，轉回頭來走着，手裏拿着裝着葡萄乾和蜜餞的紙袋。

『喂，喂！………老總！』甘默打着招呼。

『什麽？』

『請來一下……來敘一敘。』

『唔，有什麽鬼話可敍呢？』

『請來一下吧。我有花園，有葡萄。春天來了，葡萄枝得割一割呢，葡萄架得搭一搭呢………你想到園裏做活嗎………將來水果長熟了，請你來喫果子不要錢………櫻桃，橘子，梨，蘋果，葡萄。還可以帶些送朋友。』

戴梅陀想了一下。

『那麼……我，掌櫃的，我忙得很。 你大概知道，我們當兵的事情多得很。鎗，馬，還有什麼憲法，什麼關於資本家搗鬼等政治功課……』

什麼政治功課，什麼資本家搗鬼，甘默都沒有明白；只是平心靜氣的說：

『白天忙，——晚上閑呢。 要不了多大工夫。來一兩點鐘就可幫不少的忙。再找一個朋友來。兩個人幹。水果好喫得很。』

戴梅陀半閉着眼睛。

他回想起了奧利尙，回想起了故鄉的靜寂的河流，回想起了開得滿樹的櫻桃園和晚會上的嘹亮的歌聲，想到此地，那整年在黑壤裏耕種的莊稼漢的心，就皺縮起來，很很的抖跳了一下。

他起了一種不可忍受的心情，想去挖地，想去用手抓那發着土氣的土塊，就是異鄉的黃土壤也好，總想去用那快利的鋤深深的去掘那溫順的準備着播種的土地。

他笑了一聲，帶着幻想的神情說：

『好！……想一想再說！』

『明天給回信吧。』

『好吧！』

喝過了茶，喫了蜜餞胡桃以後，戴梅陀躺到床上，幻想着故鄉的奧利倘，幻想着草原，幻想着田間。

給馬倒草料的郭萬秋走到他跟前。

『戴梅陀，你想什麼心思呢？』

戴梅陀在床上翻了一個身子。

『我告訴你，老郭。剛才我在街上買酒白帽的時候，那掌櫃的請我到他園子裏做活。在那裏割葡萄枝，挖地，搭葡萄架。他說——帶一個朋友一塊來，晚上做一兩點鐘，將來水果長熟的時候，白喫不討錢。你想怎麼樣？ 我老想下地裏去做活。』

他的嘴唇上露着不好意思的怯懦的微笑。

郭萬秋的手掌在膝蓋上拍了一下，不緊不慢的答道：

『怎樣呢！……一定很不錯的！……我贊成……不過連長怎麼樣？』

『什麼？ 我們去請求一下好了！ 反正一個樣——晚上總是白坐着的。 沒有書看；與其在家裏閑躺着；不如去做點活。』

『好吧！』

『我們現在就去找連長吧。我眞是等不得！………』

戴梅陀話沒說到底。

從今年春天起，他就愁悶起來，他自已也不知道這愁悶是因何而起，總覺得有一種奇怪的淡漠和發懶。

不斷的坐在營房的土堡上，用那無精打采的眼睛望着天，望着山，望着河，望着山谷。

他怎樣了呢——自己也不明白。

或者是因爲他懷想着故鄉的靜寂的田野，懷想着櫻桃樹下的茅舍，或者是懷想着那拉着手琴唱着歌的歡樂的遊玩，或者是懷想着那長着可愛的眼睛，頭髮髻上結着彩色的緞條，帶着歌喉的笑聲，緊緊的，緊緊的貼着自己身子的姑娘。

他總覺得若有所失……

『唔，找連長去吧！』

他們由營房出來，去到茶社裏，在茶社的二層樓上的像燕雀在籠子似的住着連長希同志。

希同志坐在茶社二樓的露臺上，削着細棍做鵪鶉籠，那鵪鶉是茶社的主人送給他的。

他聽了戴梅陀和郭萬秋的請求以後，即時允許了。

『弟兄們，不過出去別鬧事！好好守規矩，別得罪掌櫃的。　你們自己知道——人民都不是自家人，他們有他們的風俗，我們應當尊重這些。入鄉隨鄉，別照自己的來。　下給前綫上的命令看了嗎？』

『我們爲什麼得罪他呢，』戴梅陀答道；『連長同志，我們明白的。我們很想到地裏去做活。』

『好……去吧。果子熟的時候別忘了我。』

『謝謝你，連長同志！』

『告訴班長，就說我允許你們的，別叫他留難你們。』

回到營房裏，郭萬秋望着徹晴的天空，伸了一個懶腰說：

『到園子裏去眞好得很！』

第二天中飯後，戴梅陀和郭萬秋到甘默家裏去了。

主人在街上迎着，把他們引到客室裏，那裏鍋煮着波羅飯，放着好喫的東西。

『坐下吧，老總……喫一點。』

『謝謝……剛驅過。』

『請坐，請坐。不許推辭——不然主人都要見怪的。』

喝過了營裏的公家湯以後，這肥美的波羅飯分外的有味而可口。

郭萬秋喫了三碗飯，飽飽的喝了一頓茶。

喝了茶以後，甘默把他們引到園子裏，把鋤給他們，並且教他們到樹周圍如何的掘土。

『現在挖坑，後來割樹枝，搭葡萄架。』

在花園的另一角裏有三個女人在那裏掘土，女人從頭到脚都被大衫和琴白特遮蔽着。

甘默自己也拿起鋤，工作就沸騰起來了。

郭萬秋好奇的向女人作工的那角裏望了一眼。

『掌櫃的，掌櫃的！』

『什麼？』

『你說爲什麼你們女人們出來都弄個狗籠嘴戴上？』

甘默繼續的掘着地，帶理不理的掄了幾句：

『法規……教主說過……女人不應分叫外人看見。 免生邪心。』

郭萬秋笑起來。

『是的……那裏會生邪心？誰能辨出那口袋裏裝的什麼貨？ 或許是女人還像個女人，年青的；或許是一個老妖精，夜間要看見她簡直要嚇得屁滾屎流呢。』

戴梅陀由樹後說；

『因爲這他們才想的好調門呢，他們的女人當過了二十歲的時候，——

——你瞧，都成了活妖怪。 都乾了，有皺紋了，好像炙了的蘋果一樣。因此才把她們遮蓋起來叫去嫁人。 隔着籠嘴丈夫辨不出是什麼樣的臉，娶過了門——就活忍受吧。』

都默然了。一陣輕風由山上送來，圍牆跟前的白楊迎風颯颯的響着。

早春的甲蟲嚶嚶的在樹間飛着。

暮色上來的時候就收工了。

廿默把他們送到街上，握了手。

「活做的好。多謝得很，老總！」

「再見吧，掌櫃的。」

「再見。 請明天再來吧。」

爽涼的深青的夜幕升起了。

廿默由清眞寺做禮拜回來，去到美麗亞房裏。

她安然的蓋着被子熟睡着，廿默脫了衣服，鞋子，鑽到被窩裏。

他推着她，催醒着她，把嘴唇貼到她那温潤的嘴唇上。

美麗亞溫順的，不得已的躺着聽男人的擺佈。

今天比平時更其外氣而冷淡。

『你怎麼躺着好像木頭柱子一樣呢？』甘默惡恨恨的低聲說着，咬着她的奶子。

『我今天病了，』她低聲答道。

『你怎麼了？』

『不曉得……身上發燒，出什麼疹子。』

甘默怕起來。 想着她或許發什麼瘟疹子，可以傳染上他。於是就野頭野腦的用膝蓋在她肚子上蹴了一下。

『為什麼不早些告訴我呢？』

『我沒來得及……』

甘默由被窩裏爬出來，穿上鞋子。

老婆的身子把他激怒了。 她沒有滿足他的慾望，站着遲疑了一下，走過了小院子，到舊老婆宰拉房裏去了。

他已經三年沒有到她房裏去了，她喫了一驚，當她還沒來得及醒的時候，就覺着自己已經被人抱住了。

美麗亞當丈夫走了以後，胳膊支到頭下，隔着門望着那四四方方的一塊碧藍的夜天。北極星好似金水珠一般在上邊微顫着。

美麗亞的眼睛死死的釘着那燦爛的星光，忽然間，她呵哈了一聲，就把頭抬起用肘支着。那星光燦爛的地方浮動着一個帶着俄國帽子的人頭。紅星帽子下邊露着灰色的髮環和一付水溜溜的快活的仁善的眼睛。

北極星繼續的在帽子上發着光輝，但成了鮮明的，五支光的，大紅的紅星。

美麗亞驚懼的閉起眼睛，覺得窒息的，頻繁的，有力的心臟的跳動。身上起了一陣溫柔的懶洋洋的抖顫，彷彿誰用那溫柔的撫愛的情人的手，觸着了她的彈性的溫暖的身子。

她呻吟着，把手指的關節活動了一下，身子伸向那燦爛的北極星的金水珠。

嘴裏在不住的微語着可愛的動人的名子。

後來，她向後一躺，伸了一個幸福的疲憊的懶腰，側着身子，屈成一團，就入到夢鄉了。

院中雄鷄已經司晨了。

戴梅陀與郭萬秋在園裏做活已經是第二個禮拜了。

樹統統都剪好了，窪也挖好了，樹幹的下部都用油和石灰汁塗好了。還得要割葡萄枝，將葡萄枝綑到葡萄架上去。

發大的半開的櫻桃花苞上已經漲着淡紅的顏色。

收工的時候甘默放下鋤說：

『明天阿拉郝給一個好天，櫻桃開起來，是很好看的。』

早晨全園都汎濫着柔媚的淡紅的輕浮的蕩漾的花浪。

這日正是禮拜。戴梅陀一個人從早晨就來了。郭萬秋到三哩遠的當俘虜的養蜂的匈牙利人那裏弄蜂蜜去了。

甘默已經在做着活，帶着歡迎的樣子給戴梅陀點着頭。

他已經幹了便宜事。俄國的士兵是不要錢的很好的做活人。

『謝謝！………不久我們就可以喫水果了。拿起鋤吧，戴梅陀！』

戴梅陀跟着主人挖着水渠。

女人們在葡萄樹上亂忙着。

美麗亞盡力的用刀子割着葡萄枝，眼睛時時瞟着那微扁的戴梅陀的英雄帽上閃着的紅星。

突然間她覺着激烈的血潮湧到頭上來。

她起來，抓住葡萄架杆子，發昏了的眼睛向園中環顧了一下。

淡紅的花浪到處都沸騰了，忽然間她覺得在那久已熟識的平常的樹枝上開的不是花，而是大紅的紅星。

全園都怒放着眩目的大紅的星花。

美麗亞踉蹌了一下，刀子落到地下了。

甘默向她喊了一聲什麽。 戴梅陀抬起頭來。

美麗亞沒有囘答。

甘默走到老婆跟前，又粗又野的命令的喊着。 她仍然不答。

那時甘默抬起手用力向她一撞。她呵哈了一聲，倒到葡萄架杆子上，杆子被壓倒了，她仰天倒在地下。

甘默罵起來。

戴梅陀走上去護她。

『掌櫃的，爲什麽打呢？ 你沒瞧見——女人在太陽下邊晒暈了。沒精神的。』

『女人應當有精神的。 女人有病——該驅逐出去。 女人是混蛋！』

『爲什麼這樣？ 女人是助手，應當要憐惜女人，尊敬女人。 應當把她扶起來，噴點水。』

戴梅陀忘了他是在雅得仁，不是在奧利尙，用英雄帽到水渠裏舀了一帽子水，去到躺着的人跟前。

甘默抓住他手。

『不行，老總！ 教主沒有吩咐……… 請把水倒了吧。 叫女人們來扶她。』

他向他的妻們喊了一聲，她們都跑來把美麗亞扶起來，架到家裏。

戴梅陀把手掙脫了，帶着輕視的神氣望着甘默的眼。

『你眞是混帳人，我叫你瞧一瞧呢。 誰要不尊重女人，那他就比狗還壞！女人生了我們，受了苦，一輩子都爲我們做活。 難道可以輕視女人嗎？』

甘默聳了聳肩。

過了兩天都割着葡萄枝。

男人們在很長的葡萄樹行的一端做着活，女人們在另一端做着。

戴梅陀在樹行間走着，隔着葡萄枝望見那一端閃着的長衫，望見那用心用意做着活的小手。

『那個大概就是昨天暈倒的，』他想着。

戴梅陀到現在還不能將她們辨清楚。 身幹一個樣，長衫一個樣，都戴着狗籠嘴。 誰曉得那是那呢？

樹行盡了。

戴梅陀割着乾枝的頭端，舉目一望，甚覺茫然。 隔着疏枝望見一副兩頰緋紅的可愛的驚人的美麗的容顏。

一副水溜溜的扁桃眼好似太陽一般的發着光輝，豐滿的美麗的半月形的雙唇上掛着微笑。

伸着纖手，火焰一般的抖顫着，到那強壯的獸蹄似的戴梅陀的手上觸了一下。

後來把手指貼到嘴唇上，放下琴白特，這一幕就完了。

戴梅陀站起來，把刀子插到葡萄架的杆子上，不動一動的，驚愕的欣喜的久站着。

『怎麼不做活呢，老總？』走到他跟前的甘默問着他。

戴梅陀默然了一會。

『有點累了……太陽晒得太利害。 好！』

『太陽是好的。 太陽是阿拉郝做的。 太陽——不分善人惡人一齊照。』

戴梅陀出其不意的向主人望了一眼。

『是的，連你這老鬼也照呢……你奶奶的。 你這胖鬼討這樣花一般的老婆。 最好不照你這狗仔子。』 他心裏想着。

後來拿起刀子，惡恨恨的，聚精會神的默然的一直做到收工的時候。

這夜在營房裏的硬床上，在同志們的甜睡中和氣悶的暑熱中，戴梅陀好久都不能入睡，總想着那驚人的面容。

『這樣一朵纖弱的，好看的小花。 好像雁來紅一樣。 嫁了這樣一個鬼東西。 大概打的怪可憐的。』

那美麗的面容招喚的可愛的給他微笑着。

工作快到完結的時候了。

再有一天——葡萄園的活就做完了。

戴梅陀對園子滿懷着惜別的心情。

他割着葡萄枝，時時向女人的那一端偸看着，——能不能再露一下那難忘的微笑。

但在葡萄園裏移動着可笑的口袋，面上蓋着極密的琴白特，隔着牠什麼也辨不出來的。

已經是將近黃昏的時候了，戴梅陀到葡萄園頭坐下休息，捲着煙草。

當擦洋火的時候，覺得肩上有種輕微的接觸，並望見伸着的手。他快忙的轉過身來，但琴白特沒有揭開。

只聽得低微的耳語，可笑的錯誤的異地的語言。

『弗作聲，老總……夜……雞啼……牆頭……你知道？』她趕快的用手指向通到荒原的圍牆的破牆頭指着。

『我等你。 等老總…… 甘默亞拉馬日沙一旦(一)…… 老總好！……美麗亞愛老總。』

手由肩上取去了，美麗亞藏起了。

戴梅陀連呵哈一聲都沒來得及。

向她後邊望着，搖着頭。

『眞是難題！ 一定是找我來幽會的。 眞好看的女人！ 她可別跳到坑裏去！　這次一定沒有好下場。　刀子往你肚子一戳——就完了。」

他擲了煙捲，起來。

郭萬秋走來了，甘默在他後邊跟着。

「呵，活做完了，掌櫃的！」

「謝謝。　老總們眞好，眞是會做活的人。　來喫果子吧。　來當客吧。」

甘默給紅軍士兵們握了手，送到門外。

血紅的太陽呑沒了曠野的遼遠的白楊的樹頂。

戴梅陀不作聲的走着，望着地在想心思。

「戴梅陀，你又在想心思嗎？」

戴梅陀抬起頭來，聳了聳肩。

「你瞧，這是多難的事。　掌櫃的女人請我半夜去幽會的。」

註一：亞拉馬日沙一旦卽壞鬼——著者。

郭萬秋好像樹盤似的站在當路上，這出其不意的奇事使他口吃起來。

『不撒謊吧？ 怎麼囘事？』

『就這麼囘事，』戴梅陀短簡的答着他。

『這麼這麼……你怎麼呢？』

『我自己也不知道究竟呢，怕什麼？』

『同他們來往是危險的！ 他們是凶惡的人！ 不要頭了可以去。』

『那我不怕。 或許我把他們的頭拔下來的。 不過別把她弄到火坑裏去。 叫我去就去，因爲她很請求我的。 那黑鬼大概她討厭了。 女人需要安慰的。』

『怎麼呢，祝你們的好事成功吧。』

『郭萬秋，你別開玩笑，因爲這不是什麼兒戲。 我覺得那女人在那紳士手裏，好似畜牲一樣活受罪。 她要人的話去安慰呢，去同她談知心話呢。』

「你怎麼同她談呢？ 她不會說俄國話，你不會說她們的話。」

戴梅陀聳了聳肩，噓着，彷彿想逐去那無益的思想，說：

「要是愛，那就用不着說。 心心相……」

晚飯後戴梅陀躺到床上，吸了烟，决然的起來到排長那裏去了。

「魯肯同志，請把手鎗今天借我用一下吧。」

「你要牠幹什麼呢？」

今天此地一位先生請我去看他們結婚的。 請讓我去玩一玩，手鎗帶着可以防什麼意外，因爲他住在鎭外花園裏，夜間囘來方便些。」

「如果要發生什麼事情呢？」

「要是有手鎗，什麼事情都不會發生的。 會發生什麼事情呢，附近沒有土匪，人民都是很和平的。」

「唔，拿去吧！」

排長由手鎗匣裏把手鎗掏出來，給戴梅陀。

戴梅陀把手鎗接到手裏，看了看，裝在兜裏。

十一點鐘的時候，他由營房出來，順街上走着。

薄霧起了，很大的，傾斜的，暗淡的，將沒的月亮在薄霧裏抖顫而浮動着。

到會期還有兩小時。

戴梅陀下了狹街道的斜坡，走到橋跟前，過了齊河，坐在岸邊的一個大平石上。

濺濺的河流，沸騰着冰寒的水花，水花激到橋柱上，飛濺到空中，空氣中都覺得濕潤而氣悶。

齊山峯上的積雪，映着淡綠的眞珠的光輝。

戴梅陀坐着，凝視着石間的急流組成的花邊似的旋渦，捲了起來，又飛了出去，一直看到頭暈的時候。

第一聲雄雞的啼鳴遠遠的由鎮中的深處送來。

戴梅陀由石上起來，伸了一個懶腰，向山走去了。走過了死寂的集市。在鋪子旁邊，一匹在曠場上閑跑的馬，走到他跟前，熱騰騰的馬鼻子撞在他肩膀上，喫的乾草氣撲到他臉上，馬低聲的溫和的嘶着。

戴梅陀在牠脖子上拍了一下，轉入一條熟識的小街上，很快的向花園走去了。

心臟一步比一步擊得響而且快起來，鬢角的血管也跳起來，發乾的舌頭勉強能在口裏打過彎來。

右邊展開了黑暗的，神祕的荒原。

戴梅陀想按着習慣劃一個十字，但一想起了政治指導員的講演，就低低的罵了一句算了。

跨過了殘垣，沿着楊柳樹行，無聲的走到通入甘獸的園中的破牆頭跟前。破牆頭好似一個破綻一般，在灰色的圍牆上隱現着。

破牆頭對面兀立着一個被伐的樹盤。戴梅陀坐到上邊，覺得渾身在發着奇怪的寒顫，手入到兜裏握住那暖熱了的手鎗。

雄雞又鳴了。月亮完全沒入山後，周圍黑暗了，寒氣上來了。細枝在樹杪裏沙沙作響，多液的花蕾發着香氣。

牆那邊嘩喇的響了一聲。戴梅陀坐在樹盤上，向前伸着身子。破牆頭上出現了一個黑影。

她向周圍環顧了一下，輕輕的跳到荒原裏。

『老總？……』戴梅陀聽到抖顫的微語。

『這裏！』他答道，站起來，幾乎認不得自己的破嗓音。

女人撲向前去，那抖顫的燒手的身子在戴梅陀的手裏顫動着。

他不知所措的，迷惑的不會把她緊緊的抱住貼着自己。

他語無倫次的微語道：

『我的小花，我的可愛的小姑娘！』

美麗亞偏着頭，用那黑溜溜的，火熱的，無底井一般的眼睛望着他的臉，後來雙手抱着他的頸，把頰貼到他的頰上，低語些什麼溫柔的，抖顫的，動情的話。

戴梅陀不懂，只緊緊的將她擁抱着，用嘴唇去找着她的嘴唇，當找着的時候——一切都沈沒在響亮的旋風裏了。

好似齊山積雪上赤霞的反光，一連三夜在燃燒着。

戴梅陀成了瘋瘋癲癲，少魂失魄的了。 紅軍兵士們都哈哈大笑着，猜七猜八的胡亂推想着。

但是他的心兒全不在這上邊，就是白天當洗馬，練習去障礙，或聽政治指導員講演巴黎公社的時候，那無底的眼睛和紅玉的嘴唇現到他面前，遮住了一切；他什麼也看不見，什麼也聽不見。

夜裏是熟路，荒原和甜蜜的期待。

每夜在雞鳴以前，温順的女人接受着憎恨的丈夫的寵愛，嘴唇都被咬得要出血了。

甘默當性慾滿足了以後，就上到二層樓上，不久，當他的鼾聲把蘆葦風屏震動的時候——她就一聲不響的起來，好似看不見的黑影一般，經過葡萄園去到水渠上，仔仔細細的由嘴唇上，頰上，乳上，將丈夫擁抱的痕跡由全身上洗了下去。

把薄小衫往那用清水新爽了的，復活了的身上一披，就向破牆頭跑去了。

她兩三小時無恐懼，無疑惑的同俄國的，強壯的，羞答答的，温柔的士兵飲着自己的深夜的幸福。 他給她微語着那些不明白的動情的蜜語，好像她給他微語的那些一般。

當第三夜完了以後，美麗亞回來的時候，宰拉睡醒了，到園子去上茅房。

她看見一個黑影在樹間輕輕的移動着。

初上來把她駭了一跳——是不是惡鬼在園中遊魂，等着拉她到地獄去呢，——可是，卽刻她就辨清了是美麗亞。

搖了搖頭，囘到房裏，又蓋起被子睡了。

次晨就把昨夜的奇遇告訴了甘默。

不是因爲妬嫉。她愛惜而且憐憫美麗亞，可是，——不成規矩。良家的女子夜裏不應當不知去向的在園裏走。

甘默的血湧上了心頭，把眉頭一皺，說道：

『別作聲！………』

第四夜又到了。

甘默照例的上到二層樓上，美麗亞起來了。

甘默靜悄悄由二層樓上下來，跟在她後邊，爬過了葡萄園。

看着美麗亞如何的在水渠裏洗身子，如何走到破牆頭跟前，如何的消失在那裏。

他爬到牆跟前，由破牆頭上望着。

心血湧到頭上來，腿也抖顫了。 惡恨恨的抽出刀子，但卽時想到同老總幹是危險的。 老總一定有手鎗，當甘默還沒走到倒戈的老婆跟前的時候，老總會早用手鎗把他打死了呢。

用牙齒咬着圍牆的乾土，順着嘴唇流着白沫。 但不作聲的冷結在氣瘋的緊張的注意中。

他看見美麗亞如何同戴梅陀辭別，如何吻他，戴梅陀如何向鎭裏的街上走去，美麗亞如何的在他背後望着。

她愁眉不展的低着頭，靜悄悄的，輕輕的抬起赤足向回走去。

脚剛剛跳過破牆頭，——甘默一聲不響的撲到她跟前。

美麗亞短短的叫了一聲，堅硬的手掌就蓋在她嘴上了。

『你是什麼妻……去偷外教的俄國人，你這該死的畜生……你背叛了教義……按教規去處分你……明天……』

但是，美麗亞竭着猫一般的彈力，由那橡樹似的手裏掙脫出來。她的氣成瘋狂的眼睛，白斑似的在黑暗裏亂閃着。

「鬼東西！……壞東西！……雜種，你這頂壞的東西！……我憎恨你，……你這該咒的，我憎恨你！……我愛兵士！……趁我還沒把你打死的時候——你把我打死吧……』

甘默驚駭的戰慄着。他第一次聽見女人口裏說出這些話。無論他自己，無論他的父親，無論他父親的父親，從來都沒有聽過這樣話。他覺得脚下的地都漂浮起來了。

他不知所措的環顧了一下，望見旁邊一根搭葡萄架的帶刺的長棍子。把棍子由地下往外一拔，用力一揮，打到女人的腰裏。

美麗亞倒了，那時甘默牛一般的吼着，揮起棍子，不緊不慢的到她身上排着。

她初上去呻吟着，後來就不作聲了。

甘默擲了棍子，彎下腰向着那不動一動的身子。

『夠了嗎，狗東西？』

但是可憐的縮成一團的身子，突然伸直了，翻了一翻身，甘默卽覺到左脚跟上邊的筋好似刀割一般，難忍的楚痛，美麗亞的牙齒竭着瘋狂的力氣在那裏咬了一口。

那時他痛得呵哈了一聲，由腰裏抽出刀子照美麗亞的乳下邊刺進去。血竄到他手上，身子抖顫着，脚亂踢着。

呻吟了一聲就寂無聲息了。

甘默用衣襟把刀子拭了拭。

『躺着吧，畜生！⋯⋯明天我把你拉到谷裏去叫狗喫你！⋯⋯』

他在死屍上踢了一脚，跛行着回去了。

彩霞已經在齊山上的宵夜的碧藍的地氈上織成了輕微的綠花。岩石分外的發着黑色，河流聲漸漸的低了下去。

管房門口的快活的守衛的背着馬鎗，低聲的動人的唱着關於青春，關於鬥爭，關於農民的歌。

唱着，在門口來回的走着。一點鐘以前戴梅陀愉快的迷昏的去幽會回來。在門口同守衛的談了一會，把自己的幸福給他分了一點。把守衛的撩的愁不得，喜不得。

他打着呵欠，用手摸了摸門口的木柱子，又走向靠鎮的那一面，但突然的站了起來，向前伸着身子，忙快的端起鎗來。

望見在對面的圍牆下爬着一個什麼東西。

圍牆在背影的，很黑，但彷彿有一個什麼灰色的斑點向他蠕動着。

『誰在走的？』

鎗機搬的響着。

寂靜……沈重的，潮濕的，晨曦以前的寂靜。

『誰在走的？』守衛的聲音抖顫了一下。 寂靜。 但守衛的已經顯然的望見在牆跟前徐徐的，低低的爬着……不像狗也不像人，一個四不像的東西在牆跟蠕動着。

『站住！我要開鎗的！』守衛的喊着。 急忙的在昏暗中用鎗的標星向斑點描着準。

他的手指已經放到搬鉤上去的時候，微風由牆跟前送來一聲清亮的呻吟。

他放下馬鎗。

『這是什麼傢伙，他媽的？……彷彿在哼的？……』

他小心的照牆跟前走去，走到跟前，辨清了一個人身子的輪廓，半坐着靠着圍牆。

『這是誰？』

沒有回答。

守衛的彎下腰，就看見好像用粉筆塗了的白臉，帶着凹陷的眼睛和由割破了的，由肩上脫下的小衫裏，望見流着什麽黑色的，小小的女人的乳頭。

『女人！……你這傢伙！……怎麽的！……』

他直起腰來。

空氣中激動着嘯子的顫音。

營房裏的人們都亂動着，說着話，點着燈，紅軍士兵們都只穿一條襯褲，不穿布衫跑了出去，但都帶着鎗和子彈匣。

『什麽？……爲什麽打嘯子？……在那裏？……誰？……』

『排長同志，到這裏來。這裏有個死女人……』

排長向圍牆跟前跑過去，但戴梅陀已經飛到他前邊去，跑到跟前，望着，緊緊握的着拳頭……

『用刀子戳了她，鬼東西，』低聲的，氣憤憤的對排長說。

『這是誰？她是誰家的女人？』

『我的，排長同志！就是我愛的那一個。』

排長向牆跟前的死白的臉上看了一眼，把眼光轉移到戴梅陀的堅硬的臉上。

在那經過歐洲大戰的和經過國內戰爭的排長的嘴上，抖顫着憐惜的褶紋。

『呵！…………都站着幹嗎呢？…………把她抬到營房去。或者還活着的…………可惜醫生沒有在，去領藥品去了…………好吧，——政治指導員會醫道的。架起來！』

那些慣於拿鎗的鐵手，好像拿羽毛似的把美麗亞抱了起來。

到營房裏，把她放在排長的床上。

『請快跑去請指導員去！告訴他說傷了人，要裹傷的！』

三個人就即刻跑去找指導員去了。

『弟兄們，都走開，別擠到這裏……　空氣要多一點的！……呵哈，鬼東西！』排長說着，彎下腰，把煤油燈照到美麗亞身上，把布衫拉的將乳頭蓋起來。

『戳的多利害！』他望着由右乳下邊一直穿到鎖骨上的很深的刀傷：『差一點沒有穿到奶頭上。』

『死不了吧，排長同志？』戴梅陀抖顫的問道。

『爲什麽死呢？……別說喪氣話！死是不會死，得受一點苦。　你作的好事。　將來希同志約束我們，恐怕要比他的鵪鶉還嚴呢。』

戴梅陀好像扇風箱似的長嘆了一口氣。

『怎麽呢，你愛她嗎？』

『怎麽呢，排長同志？　我不是兒戲的，不是強迫的，我第一次看見她的時候，看她很受那鬼東西的虐待，受那大肚子的折磨，我心裏很過不去。這麼小的，這麼好的，簡直是小雀子裝在籠子裏。我很可憐她，我待她也就好像老婆一樣，雖然我不明白她說的話，她也不明白我說的……
……』

『在那裏？誰受傷了，什麼女人？』指導員走來問着。『鬧什麼玩意呢？』

『不，不是鬧玩意，可以說是一件奇事。因爲你懂得醫道，因爲醫生沒在營裏，所以我着人把你請來。幫她一點忙吧！不然戴梅陀會心痛死了呢！』排長用目向戴梅陀指示了一下。

『完全是小姑娘的！』指導員說着，向美麗亞彎着腰。

『弟兄們，拿點水來，最好是開過的，拿兩條手巾和針來……呵，快一點……』

『怎麼一回事？這裏發生什麼事情了？』

這已經是被一個紅軍士兵驚醒的連長希同志說的話。

排長把身子一挺，行着舉手禮。

『官長同志，報告……』

希同志不作聲的聽着報告，怒視着排長，用手指撚着鬍子，平心靜氣的說：

『戴梅陀因無連長允許，擅自外出，拘留五日。 你，魯肯同志，因排內放蕩和不善於約束部下，着記過一次。』

後來希連長轉過身向門口走去了。

『連長同志！』指導員喊道。『對女人怎麼辦呢？』

連長轉過身來，沈思了一下。

『傷裏一裹，送到醫院去。 早晨到我那裏去。 關於一切都得商量一下的。 你曉得這會鬧出什麼事情呢？ 不痛快的事情已經不少了。充軍似的生活就這樣也夠過了。』

早晨就鬧得滿城風雨了。

紅軍士兵們在集市上都談着昨夜所發生的事件。

居民們都搖着頭，哭喪着臉，到淸眞寺去了。

快到正午的時候，慕拉由寺裏出來，前後左右都被人民包圍着到茶社去了。

希連長和政治指導員由早晨起都在茶社裏坐着。

指導員好久的，激烈的給希連長說不能夠把美麗亞交給丈夫去。

『希同志！這是反對我們的一切宗旨的，反對共產主義倫理的。 要是女人甘心離開丈夫，要是她愛上別的人，我們的義務就是要保護她，尤其是在此地。 把她交回本丈夫——這就是送她到死地去。 他不過是再把她割一割而已。 你把這件事放到心上想一想沒有？』

『我知道……可是你曉得，要是我們不放她，——怕周圍一二百里的居民都要激動起來的吧？ 你曉得這將來會鬧到什麼地步呢？ 那時怕要把我們都要趕走的。 你曉得什麼叫做東方政策？』

「你聽着，希同志。 我擔這責任。 黨有什麼處分的時候我承當，但是要把女人往刀子下邊送，我是不能的。 並且今天我同戴梅陀談過話的。 他是很好的人，這回事並不是隨隨便便的鬧玩笑，也不是悶不過的時候想開心。他愛她……」

「他不會說一句這裏的土話，女的不會說俄國話，他怎麼能會愛上她呢？」

指導員笑了一聲。

「呵，愛是用不着說話的！」

「他將來對她怎麼辦呢？」

「他請求把她派到塔城去。我允許給他有法子辦，着婦女部照管她，把她安插到學校寄舍裏，教她俄文。 至於戴梅陀的兵役期限馬上就期滿了，他說他要娶她，因爲他說他很愛她。」

「奇事！ 你辦着看吧！ 不管你！ 我卻不負一切的責任。」

『連長同志！慕拉要來見連長的，』值日的進來說。

『呵！……來了。 現在你可去同他周旋吧！』連長說。

『我去對付他！……不是頭一次了…… 叫他進來。』指導員說着，到長着亂蓬蓬的頭髮的後腦上搔着。

慕拉莊重的進來，撚了一下鬍鬚，鞠了一躬。

『日安。 你是連長嗎？』

『同他講吧。』連長答着，用手指指着指導員。

『你，同志，把女人交出來！』

指導員坐到橙子上，脊背靠着牆，帶着諷刺的神氣望着慕拉的眼睛。

『爲什麼交出來？』

『教法是如此的，教主說……妻是丈夫的……丈夫是主人。 丈夫是教民——妻是教民。 你手下的老總作的很不好，奪人家的有夫之妻。 唉，不好！ 你們這布爾塞維克——知道我們教民的法規嗎？ 法規存在呢。』

『我們怎麼呢，沒有法規嗎？』指導員問道。

『爲什麼這樣呢？……我們是我們的法規——布爾塞維克是布爾塞維克的法規。你有你們的，我有我們的。把女人交出來。』

『可是，你是住在那一國呢，——住在蘇維埃國呢，或是什麼別的國呢？或者蘇維埃的法律對你不是必然的呢？』

『蘇維埃的法規是俄國的，我們的教主就是法規。我們的法規存在呢。』

『怎麼呢，這是按着你們的教法，夜間好像宰羊一般來殺妻嗎？』

『爲什麼宰羊？……妻對丈夫變節了……丈夫可以殺她。教主說的。』

『別提你的教主吧。我告訴你，慕拉！女人愛我們的紅軍士兵。這是她自己說的。我們蘇維埃有這樣的法律——女人愛誰就同誰住。

誰也不能强迫她去同不愛的人住。我們不能把女人交出來，我們要派他到塔城去的。這是我最後的話。你可以不要再來吧。』

『你得罪了居民……居民要震怒的！人民要去當巴斯馬其的。』

指導員要開口去回答，但希連長把話打斷了。

當慕拉囘答那句話的時候，他已經忘了他說他不干與這件事情了。他的筋肉都收縮起來，走到慕拉緊跟前，帶着不可侵犯的嚴威，一字一板的說道：

『你這是幹嗎呢……拿巴斯馬其來駭我嗎？我告訴你。要是這鎮裏有一個人去當巴斯馬其的時候，我認爲這是你把他們煽動起來的。那時沒有多餘的話。不管你什麽慕拉不慕拉——就鎗决你，你囘去告訴一切的人，別教拿這話來駭我。要是有一個人敢用指頭彈一彈我的士兵的時候，我把全鎭上洗得寸草不留。開差吧！』

慕拉走了。希連長氣憤憤的在室內來囘踱着。指導員哈哈大笑起來。

『怎麼，沉不住氣了嗎？』

『同這些鬼東西眞難纏。 在此地作工作眞是難。眞是反動，頑固。一切的將軍，大元帥，協約國，就是連那些土豪都被我們打得落花流水，可是這些呢？……… 我們還得聽從他，得受他們的擺佈……… 眞討厭得很。』

『是的，很得一些工作做呢。 要想打破他們的舊觀念，迷信，此地得數十年的工作做呢。 現在耳朵很得要放機警一點呢。』

戴梅陀在小屋裏五天已經坐滿了，那裏發着牛糞和灰塵氣。

到第六天就把他釋放了。

洗了洗手臉，清了清身上，就去到連長那裏。

『連長同志！請讓我去看一看美麗亞！』

連長笑了一聲。

「你愛她嗎？……」

「大概，是這樣。」戴梅陀羞慚慚的笑着。

「呵，去吧！可是夜間別再出去逛，不然就把你交到軍法處裏去！」

戴梅陀到營裏的軍醫院去了。

由塔城囘來的醫生坐在門限上。

「醫生同志！我要看一看美麗亞。連長允許了的。」

「你想她了嗎，武士？ 去吧，去吧，她問過你的。」

戴梅陀心神不安的跨過門限，站着。

美麗亞坐在被窩裏，憔瘦，纖弱，面無血色。她的睫毛抖顫了一下，好像蝴蝶翅膀一般展開來，眼睛放着熾熱的光輝，她拉着戴梅陀的強壯的手。

「戴梅陀……愛……」

戴梅陀不好意思的走到被窩跟前，雙膝跪着，頭倒在被子上。

美麗亞靜靜的手指撫摩着他的頭髮，低語了幾個溫存的字。

戴梅陀不知如何好，歡喜的熱淚在他那磚頭似的頰上滾着。

美麗亞恢復康健了，已經出來在醫院的小院裏曬太陽的。

戴梅陀每天來到醫院裏，他到山谷裏摘些野花，結成花球給她送來。

他帶了一位紅軍士兵克爾格支人吳芝白同他一塊來，藉着他的幫助同美麗亞談了些話。

她很願意到塔城去，很願同戴梅陀囘到他的故鄉去。

她的眼睛一天天的愉快起來，笑聲也一天天的高起來。

全騎兵連好似都帶上了這愛史的標記，士兵們都心不在肝的帶着幻想的神情逍遙着，相互間談論着羅漫的奇遇。

甘默依舊的坐在自己鋪子裏，嚴肅的，沈默的，一切都放在心裏，全不介意那隣人的私語。

禮拜日的晚上，美麗亞把戴梅陀送到營房門口又回到醫院裏。炎熱的，沈悶的，惱人的苦夜襲來了。　黑雲在齊山脊上蠕動着，打着電閃。　隆隆的春雷也響起來了。

到夜半的時候，美麗亞睡醒了，室內悶得很，發着藥氣。　她想呼吸點新鮮空氣。

她靜悄悄的起了床，出來跨過了在門口睡着了的醫生，走過了院子。新鮮的涼風揚着微塵，爽快的吹着那熾熱的身子。

美麗亞出了大門，憑依着園牆瞻望着那對她最末一次的遠山。　明天她就要到很遠的塔城去的，由那裏要同戴梅陀到更遠的地方去的。

電打閃得更其頻繁了，溫和的雷聲慢慢的在山坡上滾着。

美麗亞深深的呼吸了一口氣，想回到室內去，但卽刻有一個什麽東西塞住了她的口，窄窄的刀子在空中一閃，刺到她的咽喉裏。

胸部窒息了，血好似黑浪一般在咽喉裏呼嚕着，她由園牆上滾到灰塵裏。

橙色的環圈在她眼前浮動着，忽然間：地，天，園牆，樹木——立時都開放着眩惑人目的鮮紅的星花，好像她第一次看見戴梅陀的那夜一般，不過星花更覺得分外的美麗，分外的燦爛。

後來黑暗好似急流一般的湧來。

被她的鼻息聲驚醒的醫生飛奔到門口，驚起了騷亂。

士兵們都跑來了，希連長也來了。

美麗亞已經用不着救助了。

刀子穿過了頸脖，達到脊椎骨上。

希連長卽時就吩咐了一切。

偵緝隊卽刻飛奔到甘默和慕拉家裏去。

慕拉帶來了。　甘默無蹤跡……

妻們說昨晚美麗亞的父親去見甘默，他們披好了馬，夜間出去了。

隨後回來騎上馬，打得飛快的就跑走了，向那去了——不曉得。

慕拉被釋放了。

第二天把美麗亞葬到鎮外的附近。

戴梅陀憔悴了，面色蒼白了，走起路來好像失了魂一般。

當黃土塚在她身上凸起的時候，他挺起身子，咬着牙，對然的用拳頭向深山那方面威嚇着。

過一禮拜在安格林溝裏發現了巴斯馬其。

騎兵連往山裏派了偵探。一隊騎探向南去，一隊向東去。

第二隊騎探裏有郭萬秋，戴梅陀，吳芝白，此外還有兩個人。

他們沿着那兩旁開得火一般的罌粟花夾着的山徑走了三十哩，沒遇見敵人，於是就在蘇村一位相識的在教的家裏宿了夜。

早晨由原路向回走去了。

到安格林的下坡上得排成一條線走。

馬在小圓石路上謹愼小心的走着，喘着氣，滑的打着跛脚。

吳芝白懶洋洋的在馬鞍上一搖三幌的搖着，哼着克爾格支的悲歌。

戴梅陀在馬上無精打采的垂着頭，當馬打跛脚的時候，兩次都幾乎跌下馬來。

『戴梅陀，醒一醒吧！』郭萬秋喊道。

戴梅陀只揮了一揮手。

在安格林溝對面，在山徑旁綠灰色的花剛岩上，很高的太陽射着小小的反光的環圈，環圈移動着，抖顫着，對準着戴梅陀的馬。

當馬走到了搖動的橋上的時候，反光的小小的環圈在剎那間蔽起了一層藍藍的薄膜。

一聲宏亮的鎗聲在滿山上滾着。

戴梅陀伸手向脖子裏，失了轠繩，由馬鞍上跌下來落到橋板上。 兩雙腿在狂暴的安得林的山水上懸挂着。

但吳芝白把韁繩一勒，一步跨上前去，由鞍上把手一伸，把他由橋邊上拉了過來。

轉過身來，向郭萬秋喊道：

『把馬打開！』

吳芝白把馬鞭一揚，馬好像雀子一般飛過了橋，但卽時第二聲鎗聲又響了，馬頭跌到碎石上，吳芝白縮成一團滾到一邊去。

郭萬秋飛馳到前邊去，緊緊的握着馬刀。

他看見一個人帶着步鎗，穿着條子布長衫，由石頭後邊出來向懸岩上奔去。

馬喘着氣向山上跑着。

『趕上趕不上呢？』郭萬秋心裏想着，很很的把馬刺一蹬。

馬飛開了。

那人與郭萬秋中間的距離突然縮得比那人到岩跟前的距離小起來。

那人知道是跑不脫了，轉過身來，端起鎗。

郭萬秋把身子一閃。

拍……子彈由身邊飛過去。

馬把身子一縮，兩躍就追到那人跟前。

郭萬秋卽時就認淸了那肥胖的，油光的，面熟的臉，認淸了他的黑鬍子。

甘默手忙脚亂的拉着鎗拴。

但還沒有來得及二次端起鎗的時候，郭萬秋已經完全到他跟前了。

郭萬秋向前把身子一欠，馬刀向上一揮，喊道：

『領受吧！……爲着戴梅陀！……爲着美麗亞！……』

甘默的頭應着這在空氣中激出嘯聲的馬刀落了下去。

把鎗上的皮帶拿來挽結到兩匹馬的中間，把戴梅陀放上去，運到雅得仁鎮上。

晚上回到鎮上，郭萬秋就去報告了希連長。

『眞能幹！』連長說。

將肺打穿了的，人事不省的戴梅陀，在第二天早上就用馬車送往塔城軍醫院裏去了。

帖木兒的故土眞是嚴峻而堅固呵。

聳入雲霄的山巔的積雪，萬代千秋都不溶消，黑沙漠裏的荒沙，萬代千秋都呼吸着不當心的旅人的灼熱的死。

岩石萬代千秋都躺在山徑上，下邊奔放着山水的急流。

帖木兒國度的人民好像岩石似的——不動，堅固。

在他們的眼睛裏，就是死了以後也是石頭一般，莫測的隱密。

彷彿三千年以前似的，紅石的齊水的河床上，兀立着低矮的茶社，閃着綠色光輝的大齊山雙峯上的彩霞，照着那萬代千秋的黃土。

彷彿三千年以前似的，那帶着黑綠鬍鬚的茶社主人石馬梅，早晨裹着破袍子，抵當那陣陣吹來的冰冷的寒風。

只有那山谷裏的花園，到第六年春天的時候，闢着燦爛的，鮮紅的星花，只有那山谷裏的花園，到第六年春天的時候，擴張，放大，蓋括了山岩與巨石。

在那用四方萬國的人民的枯骨——由亞力山大的鐵軍到史可伯列夫的亞普舍倫半島的健兒——培養成的沃壤上，燦爛的星花開得更其壯美而勝利。

拉拉的利益

V・英培爾 作

升降機是有了年紀了，寂寞地在他的鐵柵欄後面。因爲不停的上上落落，他就成了壞脾氣，一關門，便憤懣地軋響，一面下降，一面微呻着好像一匹受傷的狠。他常常不大聽指揮，掛在樓的半中腰，不高興地看着爬上扶梯去的過客。

升降機的司機人是雅各・密忒羅辛，十一歲，一個不知道父母的孩子。他在街路上，被門丁看中了意，便留下他管升降機了。照住宅管理部的命令，是不准雅各・密忒羅辛給誰獨自升降的；但他就自己來給過客上下，並且照章收取五個戈貝克。

當漫漫的長夜中，外面怒吼着大風雨的時候，雅各●密忒羅辛還是管住了他對于升降機的職務，等候那些出去看戲或是訪友的人們，一面想想世事。他想想世事，想想自己的破爛的皮長靴，也想想將他當作兒子的門丁密忒羅方●亞夫達支，無緣無故的打得他這麼厲害，還有，如果能夠拾到一枝鉛筆，來用用功，那就好極了。他常常再三觀察那升降機的構造，內部，有墊的椅子和開關的捺鈕。尤其是紅的一顆：只要將這用力一按，飛快的升降機也立刻停止了。這是非常有趣的事情！

晚上，大人們看戲去了，或者在家裏邀客喝茶的時候，便有全寓裏的不知那里的小頭巾和小羊皮帽(一)到雅各●密忒羅辛這里來閒談，是的，有時還夾着一個絨布小頭巾，六歲的，名字叫拉拉。拉拉的母親胖得像一個裝滿的衣包，很不高興這交際，說道：

『拉拉，那東西可實實在在是沒爹娘的小子呵，揩揩你的鼻子！他眞

註一：指女孩和男孩——譯者。

會偸東西，眞會殺人的呢，不要舐指頭，你竟沒有別的朋友了麼？」

如果雅各．密忒羅辛聽到了這等話，他就勃然憤怒起來，然而不開口。

拉拉的保姆是一位上流的老太太，所以對于這交際也更加不高興；

『小拉拉，莫去理他罷，再也莫去睬他了！　你找到了怎樣的好貨了呀：一個管升降機的小廝，你爹爹却是有着滿弸軟皮的寫字桌的，你自己也是每天喝可可茶的。呸，這樣的一個寶貝！這也配和你做朋友麼？』

但這花蕾一般嬌嫩的，圓圓的小拉拉，却已經習慣，總要設法去接近雅各．密忒羅辛去，向他微笑了。

有一天，在升降機的門的下邊，平時貼這公寓裏的一切布告的處所，有了這樣的新布告：

『這屋子裏的所有孩子們，請在明天三點鐘，全到樓下堆着羊皮的地方去。　要提出緊要議案。　入場無費。　鄰家的人，則收入場費胡椒糖餅兩餾。』

下面是沒有署名的。

第一個留心到這布告的，是拉拉的母親。她先戴了眼鏡看，接着又除了眼鏡看，于是立刻叫那住在二層樓的房屋管理員。來的是房屋管理員的副手。

『你以爲怎麼樣，波拉第斯同志？』拉拉的母親說。『你怎麼能這樣的事也不管的？』她用戴手套的手去點着那布告。『有人在這里教壞我們的孩子，你却一聲也不響。你爲什麼一聲不響的呀？我們的拉拉是一定不會去的，不要緊。不過照道理講起來？』

波拉第斯同志走近去一看，就哼着鼻子，回答道：

『我看這裏面也並沒有什麼出奇的事情，太太。孩子們原是有着組織起來，擁護他們的本行利益的權利的。』

拉拉的母親激昂得口吃了，切着齒說：

『什麼叫利益，他們鼻涕還沒有乾呢。我很知道，這是十八號屋子裏的由拉寫的。他是一個什麼科長的兒子罷。』

科長綏壘史諸夫，是一個脾氣不好的生着腎臟病的漢子，向布告瞥了一眼，自已想：

『我認識的，是由拉的筆迹。我眞不知道他會成怎樣的人物哩。也許是畢勒蘇特斯基(一)之類的潑皮罷。』

孩子們都好像並沒有留心到這布告的樣子。只是樓梯上面，特別增多了小小的足踪，在鄰近的鋪子裏，胡椒糖餅的需要也驟然增高，非派人到倉庫裏去取新的貨色不可了。

這夜是安靜地過去了。但到早上，就熱鬧了起來。

首先來了送牛奶的女人，還說外面是大風雪，眼前也看不見手，她繫自已的馬，幾乎繫的不是頭，倒是尾巴，所以牛奶就要漲價一戈貝克了。屋子裏面都瀰滿了暴風雨一般的心境。但綏壘史諸夫却將他那午膳放在皮夾裏，仍舊去辦公，拉拉的母親是爲了調查送牛奶的糾葛，到拉櫍那里去了。

孩子們坐在自己的房裏，非常地沈靜。

到六點鐘，當大多數的父母都因爲辦公，風雪，中餐而疲倦了，躺着休息，將他們的無力的手埋在『眞理』和『思想』(二)裏的時候，小小的影子就溜到樓下，的確像是跑向那堆着羊皮的處所去了。

拉拉的母親到拉櫍那里去列了席，纔知道牛奶果然漲價，牛酪是簡直買不到，一個鐘頭以後，她也躺在長椅子上的一大堆華貴的，有些是汽車輪子一般大，有些是茶盃托子一般大的圓墊子中間了。保姆跑到廚房去，和洗衣女人討論着究竟有沒有上帝。

註一：Kosef Pilsudski，歐洲大戰時，助德國與俄國戰，占領波蘭，後爲其共和國的總統，又爲總理兼陸軍總長，常掌握國內的實權，準備與蘇聯開戰的獨裁者。——譯者。

註二：Pravda與Isvestia，都是俄國著名的日報——譯者。

這時忽然房門響了一聲。

拉拉的母親跳了起來，知道她的女兒愛萊娜・伊戈羅夫那・安敦諾華已經不在了。

拉拉的母親拋開一切，衝着對面的房門大叫起來。科長綏壘史諾夫自己來開門了，手裏拿着一個湯婆子。

『我們的拉拉不見了，你家的由拉一定也是的罷，』拉拉的母親說。

『他們在扶梯下面開會哩，什麼本行的利益，一句話，就是發死昏。』

科長綏壘史諾夫不高興地答道：

『我們的由拉也不在家。一定也在那里的。我還覺得他也許是發起人呢。我就去穿外套去。』

兩個人一同走下了扶梯。升降機就發出老弱的呻吟聲，從七層樓上落下去了。雅各・密忒羅辛一看見坐客，便將停機門一按，止住了升降機，一面冷冷地說：

『對不起。』

正在這時候，下面的堆着羊皮和冬眠中的馬路撒水車用的水管的屋子裏，也聚集了很多的孩子們，多得令人不能喘氣。發出薄荷的氣味，像在藥鋪子裏似的。

由拉站在一把舊椅子上，在作開會的準備。 中立的代理主席維克多爾，一個十二歲的孩子，不息的跑到他這里來聽命令。

『由拉，隔壁的姑娘抱着嬰孩來了，那嬰孩可以將自己的發言委託她麼，還是不行呢？』

這時候，那嬰兒却自己來發言了，幾乎震聾了大家的耳朵。

『同志們，』由拉竭力發出比他更大的聲音，說，『同志們，大家要知道，可以發言的，以能夠獨自走路的爲限。除此以外，都不應該發言。發言也不能託別人代理。要演說的人，請來登記罷。我們沒有多工夫。議案是：新選雙親。』

拉拉，她青白了臉，睜着發光的眼睛，衝到維克多爾跟前，輕輕的說道：

『請，也給我寫上。我有話要說。你寫罷：五層樓的拉拉。』

『關于什麽問題呀，同志，你想發表的是？』

『關于溫暖的短褲，已經穿不來的，穿舊了的短褲的問題。也還有許多別的。』

由拉用胡椒糖餅敲着窗沿，開口道：

『同志們，我要說幾句話。一切人們——金屬工人，商人，連那擦皮靴的——都有防備搾取的他們的團體。但我們孩子們却沒有設立這樣的東西。各人都被那雙親，母親呀，父親呀，尤其是如果他是生着腎臟病的，隨意開玩笑。這樣下去，是不行的。我提議要提出要求，並且做一個適應時代的口號。誰贊成，誰反對，誰不發言呢？』

『雅各•密忒羅辛登記在這里了，』維克多爾報告說，『關于不許再打嘴巴的問題。但他本人沒有到。』

由拉誠懇地皺了眉頭，說道：

『當然的。他沒有閒空。這就是說，他是在做一種重要的事情。他的提議是成立的。』

會議像暴風雨一般開下去了。許多是了不得的難問題，使誰也不能緘默。有人說，大人們太過分，至于禁止孩子們在公寓的通路上游戲，這是應該積極對付的。也有人說，在積水窪裏洗洗長靴，是應該無條件地承認的，而且還有種種別的事。

孩子氣的利益的擁護，這纔開始在行業的基礎上建立起來了。

升降機在第三層和第四層樓之間，掛了一點半鐘。拉拉的母親暴怒着去打門也無用，科長按着他那生病的腎臟也無用。雅各：密忒羅辛囘覆大家，只說升降機的內部出了毛病，他也沒有法子辦：牠掛着——後來會自己活動的罷。

到得拉拉的母親因爲焦躁和久待，弄得半死，好容易纔回到自己的圓墊子上的時候，却看見拉拉已經坐在她父親的寫字桌前了。她拿一枝粗的藍鉛筆，在一大張紙上，用花字寫着會上議決的口號：

『孩子們，選擇你們的雙親，要小心呀！』

拉拉的母親嚇得臉色變成青黃了。

第二天，由保姆來交給她一封信。她看見骯髒的信封裏裝着一點圓東西，便覺得奇怪了。她拆開信。裏面却有一個大的，骯髒的五戈貝克錢。紙片上寫的是；

『太太，我將升降機的錢送還你。這是應該的。我是特地將你們在升降機裏關了這許多時光的，爲的是給你的女兒拉拉可以發表關于她的一切的利益。

給不會寫字的雅各●密忒羅辛代筆

由拉●綏壘史諾夫。』

『物事』

V・凱泰耶夫 作

在一種情熱的雙戀的導力之下，喬治和賽加已在五月間結婚了。那時天氣是明媚的。不耐煩地聽完那結婚登記員的簡短的頌詞後，這對新婚的年青的夫婦就走出禮堂，到了街上。

『我們此刻到那里去呢？』瘦弱的，凹胸的，沈靜的喬治問道，一面斜視着賽加。

她，高大的，美麗的，而且和火一樣情熱的，將自己挨近他的身旁，那纏在她頭髮上的一枝紫丁香花輕觸他的鼻子，同時又張大她的鼻孔，情熱地耳語着：

『到商品陳列所去。買物事去。還有什麽別的地方去呢？』

『你說去買我們的家具麽？』她丈夫說，一面乏味地笑着，又整一整他頭上的帽子，當他們倆開步走的時候。

一陣飽和塵埃的風掠過商品陳列所。淡色的披巾，在乾燥的空氣中在貨攤上面浮動，尖聲的留聲機，在一切樂器場中交相演唱。太陽照射着風中擺動的掛着的鏡子。各種各樣的迷人的器具和極端美麗的物品，圍繞着這對年青的夫婦。

賽加的兩頰起了一陣紅暈；她的前額變得很溼了；那枝紫丁香花從她的蓬髮上跌了下來，而她的兩眼也變得大而圓了。她用火熱的手抓住喬治的臂膊，緊咬着她那顫抖的薄薄的嘴唇，拖着他在所內到處漫步。

『先買鳧絨被呀，』她喘不出氣地說，『先買鳧絨被！』………

被貨攤的主人的尖聲震聾了耳朵的他們，忽促地買了兩條湊綴成功的正方的被，重而厚，太闊，但不夠長。一條是鮮豔的磚紅色的，另一條是黯淡的微紫的。

『現在來買拖鞋罷．』她密語着，她的温熱的氣息吹滿她丈夫的面龐

——『襯着紅裏子的，而且印着字母的，使別人不能偸去。』

他們買了拖鞋，兩雙，女的和男的，襯着大紅的裏子而且有字的。賽加的眼睛幾乎變成閃亮的了。

『毛巾！……繡着小雄鷄的……』當她將自己的滾熱的頭靠在她丈夫的肩上時，她幾乎是呻吟着了。他們買好繡着小雄鷄的毛巾之後，又買了四條毯子，一隻鬧鐘，一塊斜紋布料，一面鏡子，一條印有虎像的小毯子，兩把用黃銅釘的漂亮的椅子，還有幾團毛線。

他們還想買一張飾有大鎳球的臥牀，以及許多別的東西，可是錢不夠了。他們重負而歸。喬治背着兩把椅子，同時又將捲着的鳧絨被用下巴鉤住。他的濡溼的頭髮，粘在他白白的前額上，瘦削的，紅潤的兩頰，罩滿了汗水。在他的眼下，見有一些藍紫色的陰影。他的半開着的嘴巴，露出

不健全的牙齒，他要流下涎沫來了。

回到淒冷的寓所時，他得救似的拋下他的帽子，同時咳嗽着。她將物件拋在他的單人牀上，向房內審視一下，而且因了少女的嬌羞的感觸，用她那大而紅的拳頭親愛地輕輕地拍着他的脅肋。

『好了罷，不要咳得這樣厲害，』她裝作嚴緊地說，『否則，你立即就會死在肺病之下的，現在你有我在你身邊……眞的！』她用她的紅頰在他的骨瘦如柴的肩頭摩擦着。

晚上，賓客們到了，于是舉行婚宴。他們帶着羨慕參觀這些新物事，讚美牠們，拘謹地喝了兩瓶白蘭地，喫了一點麵餅，合着小風琴的曲調跳舞了一場，不久便走散了。各樣事情都是適得其宜。連鄰人們對于這婚禮的嚴肅適度，毫不過分，也都有些詫異。

來賓散了之後，賽加和喬治又將這些物事讚美了一番，賽加很當心地用報紙罩好椅子，還將其餘的物件，連鳧絨被，都鎖在箱子裏，拖鞋放在最上層，有字母的一面向上，于是下了鎖。

到了夜半，賽加在一種切念的心境中覺醒轉來，喚醒她的丈夫。

『你聽到麼，喬治……喬治，親愛的，』她熱烈地低語着，『醒來罷！你知道麼，我們剛才錯了，沒有買那淡黃色的㲲絨被。那種淡黃色的是比較有趣得多了，我們實在應該買那一種的。這拖鞋的裏子也不好；我們不曾想到……我們應該買那種襯着灰色的裏子的。牠們比紅裏子的要好得多了。還有飾着鎳球的牀……我們實在沒有仔細地想一想。』

早晨，趕緊打發喬治去做他的工作之後，賽加慌忙跑到廚房裏和鄰舍們討論大家對于她結婚的印像。爲要合禮的緣故，她談了五分鐘她丈夫的該應注意的健康後，就領婦人們到她的房裏，開了箱，展示那些物事。她拿出㲲絨被來，于是伴着一聲微微的歎息，說道：

『這是錯了的，我們沒有把那種淡黃色的買了來……我們沒有想到買牠……唉……我們沒有細想。』

于是她的兩眼變成圓圓的，呆鈍的了。

鄉人們都稱讚這些物事。那位教授夫人，一個慈善的老婦，接着說：

『這一切都是很好的，但是你的丈夫似乎咳得很不好。隔壁的一切我們都可以聽到，你必須當心這個，否則你要知道……』

『哦，那是沒有什麼的，他不會死的，』賽加用故意的粗魯的口吻說道；『卽使他死了，在他也很好，而我又可以找別個男人的。』

但忽然她的心房顫抖了一下。

『我要弄鷄給他喫。他非喫得飽飽的不可。』她對自己說。

這對夫婦好容易等到下次發薪日。但到了那時，他們立卽去到商品陳列所，買了那種淡黃色的鳧絨被，還有許多家內必需的物件，以及別的美麗無比的物事；一隻八音鐘，兩張海狸皮，一隻最新式的小花瓶架，襯着灰色裏子的男的和女的套鞋，六碼絲紗天鵝絨，一隻飾着各色斑點的非常好看的石膏狗，一條羊毛披巾，一個鎖鍵會奏音樂的淡綠色的小箱子。

他們回到家裏時，賽加將物事很整齊地裝在新箱子裏。那會奏音樂的鎖鍵便發出聲調來。

夜裏她醒了轉來，將她的火熱的面龐偎在她丈夫的冰冷的，發汗的前額上，一面靜靜地說：

『喬治！你睡着麼？不要睡罷！喬治親愛的？你聽到麼？……還有一種藍色的……多麼可惜呀，我們沒有買牠。那眞是很出色的鳧絨被………有些發亮的……我們當時沒有想到。』……

那年仲夏，有一次賽加很快活地走進廚房裏。

『我的丈夫，』她說，『快有放假的日子了。他們給每人都只有兩星期，但他却有一個半月，我可以對你發誓。還有一筆津貼。我們馬上就要去買那有鎳球的鐵牀，一定的！』

『我勸你還是設法給他送到好的療養院去，』那位年老的教授夫人含有深意地說，將一篩熱氣蒸騰的馬鈴薯放在水管下面，『否則，你知道，要來不及的。』

『他不會發生什麼事情的！』賽加憤憤地回答，一面將兩隻手插在腰上。『我照顧他比什麼療養院都來得周到。我將炸鷄給他，使他儘量喫得飽飽的！』……

傍晚，他們同着一輛滿載物事的小手車從商品陳列所回到家裏。賽加跟在車後，凝視着，好像在對她的發紅的臉龐映在林間的鍍球上的影子發迷似的。喬治，沈重地喘着氣，實在推不動了。他有一條蔚藍色鳧絨被，緊擠着他那瘦削的下巴下面的胸膛。他不斷地咳嗽。一簇暗色的汗珠，凝聚在他的凹陷的鬢角上。

夜裏，賽加醒了轉來。熱烈的，貪多的思潮不讓她睡覺。

『喬治親愛的！』她急促地耳語起來了，『還有一種灰色的……你聽到沒有？……眞是可惜，我們沒有買牠……唉，牠是多麼漂亮呀。灰色的，那裏子却不是灰色的，倒是玫瑰色的……這樣一條可愛的鳧絨衾。」

喬治最後一次被人看見的是在晚秋的一天早晨。他笨滯地走下那條狹小的橫街，他的長長的，發光的，幾乎和蠟一樣的鼻子，鑽在他那常穿的皮短衣的領子裏面。他的尖尖的兩膝，凸了出來，寬大的褲子，敲拍着他多骨的兩腿，他的小小的帽子掛在後腦。他的長髮垂在前額上，黑而暗。

他蹣跚地走着，但很當心地迴避那些積水，使不致溼了他的薄靴；一種虛弱的，愉快的，幾乎是滿意的微笑，浮泛在他的蒼白色的唇吻上。

當他回到家裏的時候，他不得不躺在牀上了，而當地的那位醫生也來了。賽加急忙跑到保險公司，領取病時可以挪借的款子。她只好獨自去到商品陳列所，買回一條灰色的鳧絨被，放進箱子裏。

不多久，喬治覺得更加沈重了。初次的雪——溼的雪——出現了。天空變得朦朧而陰慘。 那位教授和他夫人互相耳語，另一位醫生頃刻又到了。他診察過病人，便到廚房裏用消毒肥皂洗他的手。賽加淚流滿面，站在瀰漫的黑烟中，他正在火爐上炸着鷄片和蒜頭。

『你瘋了麼！』教授夫人驚駭地喊道。『你在幹什麼？你會害死他的。你以爲他能喫鷄片和蒜頭麼？』

『他可以喫，』醫生冷淡地說，一面將他雪白的手指上的水點抖落在面盆裏，『現在他什麼都可以喫。』

『鷄片對于他有什麼害處呢？』賽加尖聲地說，同時用袖子揩一揩她的臉。『他是不會發生什麼事情的。』

到了傍晚，裹着白色的棉外衣的衞生局人員到來，將各個房間都消了毒。消毒劑的氣味充溢着迴廊。夜裏，賽加醒了轉來。一種無名的悲痛，撕破了她的心窩。

『喬治！』她急迫地耳語道。『喬治，喬治親愛的，醒來罷！我告訴你，喬治……』

喬治沒有回答。他冷了。于是她從牀上跳了下來，赤着脚艱難地沿着迴廊走。那時差不多三點鐘了，但這地方的人沒有誰能夠入睡。她跑到那位教授的門口，倒下了。

『他去了！去了！』她在恐怖中驚叫着。『去了！我的天呀！　他死了！喬治！唉，喬治親愛的！』

她開始哭泣了。鄰人們都從他們的門縫裏向外窺視。陰慘而冷淡的天星，輝映着黑窗後面的清脆的嚴霜。

到了早晨，那匹愛貓走近賽加的開着的房門去，在門檻上躊躇，窺探房內，牠的毛忽然聳起來了。牠怒怒地，退了出去。　賽加坐在房子的中央，滿臉淚水，正在憤憤地對着鄰人們訴說，彷彿她被侮辱了似的；

『我總向他說，把鷄片喫得飽飽的罷！他不要喫。　看罷，剩那麼多呀！叫我做什麼用呢？而且你把我拋給誰，你惡毒的喬治呀！他已經拋了我，不願意帶我同去，而且還不肯喫我的鷄片！唉，喬治親愛的！』

三天之後，門外停着一輛用灰色馬拉曳的柩車。大門開着，一種冰冷的寒氣浸透了整座的房舍。同時有一種柏樹的氣味。喬治被運走了。

喪宴時候，賽加異常的開心。她在未喫別種東西以前，先喝了半杯白蘭地。她臉上漲得通紅，她流淚了，她並且一面頓着脚，一面用一種斷續的聲音說道：

『唉，那兒是誰？你們全體都請進去，快樂一下罷……凡是願意進來的……無論誰我都讓他進來，除了喬治……我不許他進去！他拒絕了我的鷄片，堅決地拒絕了！』

接着她沈重地倒在那隻新箱子上面了，開始在那會發樂音的鎖鍵上碰她的頭。

此後，寓中的一切都和往常一樣地過去，很有秩序地，很合規矩地。賽加仍舊去做使女了。那年冬季有很多男人向她求婚，但她都拒絕了。她在期待着一個沈靜的，和善的男子，而這些却都是莽撞的傢伙，那是被她積聚起來的物事引誘了來的。

到了冬底，她變得頗瘦削了，同時開始穿上一件黑色的羊毛衫，這倒增加了她的美麗的姿態。在那工場中的汽車房裏，有一個汽車夫名叫伊凡。他是沈靜的，和善的，而且富于默想的。他爲了愛着賽加的緣故，弄得非常憔悴。到了春天，她也愛她了。

那時天氣是明媚的。不耐煩地聽了那結婚登記員的簡短的頌詞後，這對年青的夫婦就走出禮堂，到了街上。

『我們此刻到那里去呢？』年青的伊凡羞澀地問，一面斜瞥着賽加。她挨近他的身旁，用一枝太大的紫丁香花輕觸着他的紅耳朵，同時張大她的鼻孔，耳語道；

『到商品陳列所去！買物事去！還有什麼別的地方去呢？』

于是她的眼睛忽然變得大而圓了。

後記

札彌亞丁(Evgenii Zamiatin)生于一八八四年，是造船專家，俄國的最大的碎冰船『列寧』，就是他的勞作。在文學上，革命前就已有名，進了大家之列，當革命的內戰時期，他還藉『藝術府』『文人府』的演壇爲發表機關，朗讀自己的作品，並且是『綏拉比翁的兄弟們』的組織者和指導者，于文學是頗爲盡力的。革命前原是布爾塞維克，後遂脫離，而一切作品，也終于不脫舊智識階級所特有的懷疑和冷笑底態度，現在已經被看作反動的作家，很少有發表作品的機會了。

『洞窟』是從米川正夫的『勞農露西亞小說集』譯出的，並參用尾瀨敬止的『藝術戰線』裏所載的譯本。說的是飢餓的彼得堡一隅的居民，苦于飢寒，幾乎失了思想的能力，一面變成無能的微弱的生物，一面顯出原始的野蠻時代的狀態來。爲病婦而偸柴的男人，終于只得將毒藥讓給她，聽她服毒，這是革命中的無能者的一點小悲劇。寫法雖然好像很晦澀，但仔細一看，是極其明白的。關于十月革命開初的飢餓的作品，中國已經譯過好幾篇了，而這是關于『凍』的一篇好作品。

淑雪兼珂（Mihail Zoshchenko）也是最初的『綏拉比翁的兄弟們』之一員，他有一篇很短的自傳，說：

我于一八九五年生在波爾泰瓦。父親是美術家，出身貴族。一九一三年畢業古典中學，入彼得堡大學的法科，未畢業。一九一五年當了義勇軍向戰線去了，受了傷，還被毒瓦斯所害，心有點異樣，做了參謀大尉。一九一八年，當了義勇兵，加入赤軍，一九一九年以第一名成績回籍。一九二一年從事文學了。我的處女作，于一九二一年登在『彼得堡年報』上。

但他的作品總是滑稽的居多，往往使人覺得太過于輕巧。在歐美，也有一部分愛好的人，所以譯出的頗不少。這一篇『老耗子』是柔石從『俄國短篇小說傑作集』(Great Russian Short Stories)裏譯過來的，柴林（Leonide Zarine）原譯，因爲那時是在豫備『朝華旬刊』的材料，所以選着短篇中的短篇。但這也就是淑雪兼珂作品的標本，見一斑可推全豹的。

倫支（Lev Lunz）的『在沙漠上』，也出于米川正夫的『勞農露西亞小說集』，原譯者還在卷末寫有一段說明，如下：

『在靑年的『綏拉比翁的兄弟們』之中，最年少的可愛的作家萊夫•倫支，爲病魔所苦者將近一年，但至一九二四年五月，終于在漢堡的病院裏長逝了。享年僅二十二。當剛纔跨出人生的第一步，創作方面也將自此從事于眞切的工作之際，雖有豐饒的天稟，竟不遑很得秋實而去世，在俄國文學，是可以說，殊非微細的損失的。倫支是充滿着光明和歡喜和活潑的力的少年，常常驅除朋友們的沈滯和憂鬱和疲勞，當絕望的瞬息中，灌進力量和希望去，而振起新的勇氣來的『楨杆』。別的『綏拉比翁的兄弟們』一接他的訃報，便悲泣如失同胞，是不爲無故的。

『性情如此的他，在文學上也力斥那舊時代俄國文學特色的沈重的憂鬱的靜底的傾向，而于適合現代生活基調的動底的突進態度，加以張揚。因此他埋頭於研究仲馬和司諦芬生，竭力要領悟那傳奇底，冒險底的作風的眞髓，而發見和新的時代精神的合致點。此外，則西班牙的騎士故事，法蘭西的樂劇，也是他的熱心研究的對象。『動』的主張者倫支，較之小說，倒在戲劇方面覺得更所加意。因爲小說的本來的性質就屬于『靜』，而戲劇是和這相反的……

『『在沙漠上』是倫支十九歲時之作，是從『舊約』的『出埃及記』裏，提出和初革命後的俄國相共通的意義來，將聖書中的話和現代的話，巧施調和，用了有彈力的暗示底的文體，加以表現的。凡這些處所，我相信，都足以窺見他的不平常的才氣。』

然而這些話似乎不免有些偏愛，據珂剛教授說，則倫支是『在一九二一年二月的最偉大的法規制定期，登記期，兵營整理期中，逃進「綏拉比翁的兄弟們」的自由的懷抱裏去的。』那麼，假使尙在，現在也決不能再是那時的倫支了。至于本篇的取材，則上半雖在『出埃及記』，而後來所用的却是『民數記』，見第二十五章，殺掉的女人就是米甸族首領蘇甸的女兒哥斯比。篇末所寫的神，大概便是作者所看見的俄國初革命後的精神，但我們也不要忘却這觀察者是『綏拉比翁的兄弟們』中的青年，時候是革命後不多久。現今的無產作家的作品，已只是一意讚美工作，屬望將來，和那色黑而多鬚的眞的神，面目全不相像了。

錄原譯者的話：

『果樹園』是一九一九至二十年之間所作，出處與前篇同，這里幷仍

『斐定（Konstantin Fedin）也是『綏拉比翁的兄弟們』中之一人，是自從將短篇寄給一九二二年所舉行的『文人府』的懸賞競技，護得首選的榮冠以來，驟然出名的體面的作者。他的經歷也和幾乎一切的勞動作家一樣，是頗富於變化的。故鄉和雅各武萊夫同是薩拉妥夫（Saratov）的伏爾迦（Volga）河畔，家庭是不富裕的商家。生長于古老的果園，漁夫的小屋，縴夫的歌曲那樣的詩底的環境的他，一早就表示了藝術底傾向，但那傾向，是先出現于音樂方面的。他善奏環亞林，巧于歌唱，常常出演于各處的音樂會。他既有這樣的藝術的天稟，則不適應商家的空氣，正是當然的事。十四歲時（1904年），曾經典質了愛用的樂器，離了家，往彼得堡去，後來得到父親的許可，可以上京苦學了。世界大戰前，爲研究語學起見，便往德國，幸有天生的音樂的才能，所以一面做着舞蹈會的環亞林彈奏人之類，繼續着他的修學。

『世界大戰起，斐定也受了偵探的嫌疑，被監視了。當這時候，爲消遣無聊計，便學學畫，或則到村市的劇場去，作爲歌劇的合唱隊的一員。他的生活，雖然物質底地窮蹙，但大體是藏在藝術這『象牙之塔』裏，守御着實際生活的粗糙的刺戟的，但到革命後，回到俄國，却不能不立刻受火和血的洗禮了。他便成爲共產黨員，從事於煽動的演說，或做日報的編輯，或做執委的祕書．或自率赤軍，往來於硝烟裏。這對於他之爲人的完成，自然有着偉大的貢獻，連他自己，也稱這時期爲生涯中的 Pathos（感奮）的。

『斐定是有着纖細優美的作風的作者，在勞農俄國的作者們裏，是最像藝術家的藝術家（但在這文字的最普通的意義上）。只要看他作品中最有名的『果樹園』，也可以一眼便看見這特色。這篇是在『文人府』的懸賞時，列爲一等的他的出山之作，描寫那古老的美的傳統漸就滅亡，代以粗野的新事物這一種人生永遠的悲劇的。題目雖然是絕望底，而充滿着像看水彩畫一般的美麗明朗的色彩和綽約的抒情味（Lyricism）。加以並不介人感到矛盾缺陷，却釀出特種的調和，有力量將讀者拉進那世界裏面去，只這一點，就證明着作者的才能的非凡。

『此外，他的作品中，有名的還有中篇“Anna Timovna”。』

後二年，他又作了『都市與年』的長篇，遂被稱爲第一流的大匠，但至一九二八年，第二種長篇『兄弟』出版，却因爲頗多對于藝術至上主義與個人主義的讚頌，又很受批評家的責難了。這一短篇，倘使作于現在，是決不至于膾炙人口的；中國亦已有靖華的譯本，收在『煙袋』中，本可無需再錄，但一者因爲可以見蘇聯文學那時的情形，二則我的譯本，成後又用『新興文學全集』卷二十三中的橫澤芳人譯本細加參校，于字句似略有所長，便又不忍捨棄，仍舊收在這里了。

雅各武萊夫（Aleksandr Iakovlev）以一八八六年生于做漆匠的父親的家裏，本家全都是農夫，能夠執筆寫字的，全族中他是第一個。在宗教的氛圍氣中長大；而終于獨立生活，旅行，入獄，進了大學。十月革命後，經過了多時的苦悶，在文學上見了救星，爲『綏拉比翁的兄弟們』之一個，自傳云：『俄羅斯和人類和人性，已成爲我的新的宗教了。』

從他畢業于彼得堡大學這端說，是智識分子，但他的本質，却純是農民底，宗教底的。他的藝術的基調，是博愛和良心，而認農民爲人類正義和良心的保持者，且以爲惟有農民，是眞將全世界聯結于友愛的精神的。這篇『窮苦的人們』，從『近代短篇小說集』中八住利雄的譯本重譯，所發揮的自然也是人們互相救助愛撫的精神，就是作者所信仰的『人性』，然而還是幻想的產物。別有一種中篇『十月』，是被稱爲顯示着較前進的觀念形態的作品的，雖然所描寫的大抵是游移和後悔，沒有一個鐵似的革命者在內，但恐怕是因爲不遠于事實的緣故罷，至今還有閱讀的人們。我也曾于前年譯給一家書店，但至今沒有印。

理定(Vladimir Lidin)是一八九四年二月三日，生于墨斯科的。七歲，入拉賽列夫斯基東方語學院；十四歲喪父，就營獨立生活，到一九一一年畢業，夏秋兩季，在森林中過活了幾年，歐洲大戰時候，由墨斯科大學畢業，赴西部戰線；十月革命時是在赤軍中及西伯利亞和墨斯科；後來常旅行于外國。

他的作品正式的出版，在一九一五年，因爲是大學畢業的，所以是智識階級作家，也是『同路人』，但讀者頗多，算是一個較爲出色的作者。這原是短篇小說集『往日的故事』中的一篇，從村田春海譯本重譯的。時候是十月革命後到次年三月，約半年；事情是一個猶太人因爲不堪在故鄉的迫害和虐殺，到墨斯科去尋正義，然而止有飢餓，待囘來時，故家已經充公，自己也下了獄了。就以這人爲中心，用簡潔的蘊藉的文章，畫出着革命俄國的最初時候的周圍的生活。

原譯本印在『新興文學全集』第二十四卷裏，有幾個脫印的字，現在看上下文義補上了，自己不知道有無錯誤。另有兩個Ｘ，却原來如此，大約是『示威』，『殺戮』這些字樣罷，沒有補。又因爲希圖易懂，另外加添了幾個字，爲譯原本所無，則都用括弧作記。至於黑雞來啄等等，乃是生了傷寒，發熱時所見的幻象不是『智識階級』作家，作品裏大概不至於有這樣的玩意兒的——理定在自傳中說，他年青時，曾很受契訶夫的影響。

左祝黎(Efim Sosulia)生于一八九一年，是墨斯科一個小商人的兒子。他的少年時代大抵過在工業都市羅持(Lody)裏。一九〇五年，因爲和幾個大暴動的指導者的個人的交情，被捕繫獄者很長久。釋放之後，想到美洲去，便學『國際的手藝』，就是學成了招牌畫工和漆匠。十九歲時，他發表了最初的傑出的小說。此後便先在阿兌塞，後在列寧格勒做文藝欄的記者，通信員和編輯人。他的擅長之處，是簡短的，奇特的(Groteske)散文作品。

『亞克與人性』從『新俄新小說家三十人集』(Dreissig neue Erzahler des neuen Russland)譯出，原譯者是荷涅克（Erwin Honig）。從表面上看起來，也是一篇『奇特的』作品，但其中充滿着懷疑和失望，雖然穿上許多諷刺的衣裳，也還是一點都遮掩不過去，和確信農民的雅各武萊夫所見的『人性』，完全兩樣了。

聽說這篇在中國已經有幾種譯本，是出于英文和法文的，可見西歐諸國，皆以此爲作者的代表的作品。我只見過譯載在『青年界』上的一篇，則與德譯本很有些不同，所以我仍不將這一篇廢棄。

拉甫列涅夫(Boris Lavrenev）于一八九二年生在南俄的一個小城裏，家是一個半破落的家庭，雖然拮据，却還能竭力給他受很好的教育。從墨斯科大學畢業後，歐戰已經開頭，他便再入聖彼得堡的砲兵學校，受訓練六月，上戰線去了。革命後，他爲鐵甲車指揮官和烏克蘭砲兵司令部參謀長，一九二四年退伍，住在列寧格勒，一直到現在。

他的文學活動，是一九一二年就開始的，中間爲戰爭所阻止，直到二三年，纔又盛行創作。小說製成影片，戲劇爲劇場所開演，作品之被翻譯者，幾及十種國文；在中國有靖華譯的『四十一』附『平常東西的故事』一本，在『未名叢刊』裏。

這一個中篇『星花』，也是靖華所譯，直接出于原文的。書敘一久被禁錮的婦女，愛一紅軍士兵，而終被其夫所殺害。所寫的居民的風習和性質，土地的景色，士兵的朴誠，均極動人，令人非一氣讀完，不肯掩卷。然而和無產作者的作品，還是截然不同，看去就覺得教民和紅軍士兵，都一樣是作品中的資材，寫得一樣地出色，並無偏倚。蓋『同路人』者，乃是『決然的同情革命，描寫革命，描寫牠的震撼世界的時代，描寫牠的社義主義建設的日子』(『四十一』卷首『作者傳』中語)的，而自己究不是戰鬪到底的一員，所以見于筆墨，便只能偏以洗鍊的枝術制勝了。將這樣的『同路人』的最優秀之作，和無產作家的作品對比起來，仔細一看，足令讀者得益不少。

英培爾（Vera Inber）以一八九三年生于阿兌塞。九歲已經做詩；在高等女學校的時候，曾想去做女伶。卒業後，研究哲學，歷史，藝術史者兩年，又旅行了好幾次。她最初的著作是詩集，一九一二年出版于巴黎，至二五年纔始來做散文，『受了狄更斯（Dickens），吉柏齡（Kipling），繆塞（Musset），託爾斯泰，斯丹達爾（Stendhal），法蘭斯，哈德（Brot Hart）等人的影響』。許多詩集之外。她還有幾種小說集，少年小說，幷一種自敍傳的長篇小說，曰『太陽之下』，在德國已經有譯本。

『拉拉的利益』也出于『新俄新小說家三十人集』中，原譯者弗蘭克（Elena Frank）。雖然只是一種小品，又有些失之誇張，但使新舊兩代——母女與父子——相對照之處，是頗為巧妙的。

凱泰耶夫（Valentin Kataev）生于一八九七年，是一個阿兌塞的教員的兒子。一九一五年爲師範學生時，已經發表了詩篇。歐洲大戰起，以義勇兵赴西部戰線，受傷了兩回。俄國內戰時，他在烏克蘭，被紅軍及白軍所拘禁者許多次。一九二二年以後，就住在墨斯科，出版了很多的小說，兩部長篇，還有一種滑稽劇。

『物事』也是柔石的遺稿，出處和原譯者，都與『老耗子』同。

這回所收集的資料中，『同路人』本來還有畢力涅克和綏甫林娜的作品，但因爲紙數關係，都移到下一本去了。此外，有着世界的聲名，而這里沒有收錄的，是伊凡諾夫（Vsevolod Ivanov），愛倫堡（Ilia Ehrenburg），巴培爾（Isack Babel），還有老作家如惠疊賽耶夫（V. Veresaev），普理希文（M. Prishvin）託爾斯泰（Aleksei Tolstoi）這些人。

一九三二年九月十日，編者。